人生自有来处

周养俊 著

中国华侨出版社

图书在版编目（CIP）数据

人生自有来处/周养俊著.—北京：中国华侨出版社，2017.9
　ISBN 978-7-5113-7010-5

Ⅰ.①人… Ⅱ.①周… Ⅲ.①散文集—中国—当代 Ⅳ.①I267

中国版本图书馆CIP数据核字（2017）第194672号

人生自有来处

著　　者/周养俊
责任编辑/桑梦娟
责任校对/高晓华
经　　销/新华书店
开　　本/880毫米×1230毫米　1/32　印张/8　字数/175千字
印　　刷/三河市华润印刷有限公司
版　　次/2017年9月第1版　2017年9月第1次印刷
书　　号/ISBN 978-7-5113-7010-5
定　　价/32.00元

中国华侨出版社　北京市朝阳区静安里26号通成达大厦3层　邮编：100028
法律顾问：陈鹰律师事务所
编辑部：（010）64443056　　64443979
发行部：（010）64443051　　传真：（010）64439708
网　址：www.oveaschin.com
E-mail：oveaschin@sina.com

序

　　周养俊先生又要出书了。他出过多少本书，我已记不清了，我能记清的是他一直在文学的路上，也跋涉，也从容；有坎坷，有坦途；能拿起，能放下。时常见他迎面走来，春风满面，嘴角、眼角都充满微笑；更多的时候，我是目送他的背影，一边欣赏，一边忍不住想鼓掌。在我眼里，与其说他是一个作家、一个诗人，毋宁说他是一个传说、一个传奇。我还说过他是一个文学家。不，不是我恭维。懂他的人羡慕他对文学的孜孜不倦，且津津有味；不懂他的人腹诽他对文学的矢志不渝。我自问是懂他的，所以很乐意为他的文学事业锦上添花，再敲点边鼓。

　　我经常开周养俊的玩笑：他是越来越"养

俊"了。还姓周,不被"养俊"都不行了。在我看来,他之所以被"养俊",原因有两个,一个是文学,一个是姓周。爱文学,不满足于读,更勤于写,天道酬勤,扬鞭奋蹄。他的文学,就像脚下的黄土地,殷切耕耘,辛勤播种,施肥、追肥,加上风调雨顺,夏来夏收,秋来秋收,满仓满囤都是收成了。文学于他,就像春风化雨,雨露滋润禾苗壮;就像羽化成蝶,作茧自缚我愿意;就像凤凰涅槃,浴火重生得永生。多半辈子被文学吸引,受文学驱使,为文学魂牵梦萦,在文学的潜移默化中脱胎换骨,怪不得他越来滋润、越来越"养俊",自然也就越来越"文学"了。我与他为友快30年了,眼见他的儒雅与他的文学相辅相成,我的惊叹几乎要脱口而出:文学依然神圣,有周养俊为证!

孔子说:"郁郁乎文哉,吾从周。"周是仁义礼智信的象征,孔子终其一生都心向往之,孜孜以求。作为姓氏,一个"周"字,必遗传了周文化的基因。怪很,我

序

每见周养俊,必联系到周公、周礼,总觉他的长相酷肖"周"字造型:周字脸庞,周字身形,周字做派,为人周正,处世周全,心思周密,做任何事都那么周到得体。他的祖上是否耕读传家我不得而知,却清楚他的父亲周文敏先生年已九旬,犹好读书,还写得一手好字。"读书破万卷,下笔如有神。"单他父亲毕生藏书就不止"万卷"!因为藏书、读书,又捐书,他父亲的名字还上了央视,成了读书人的楷模,周家更被国家新闻出版广电总局授予全国"书香之家"的殊荣。弟兄四人,周养俊居长。老二叫周旭,老三叫周折,老四叫周正,都非等闲之辈——或于文学广漠垦得一片绿地,或于书画荒滩辟出一方自留地。古人云:"橘生淮南则为橘,橘生淮北则为枳。"养俊姓周,与橘何其相似乃尔!

摆在我面前的书稿名曰《人生自有来处》。作为老朋友,看见这书名,我就会心地笑了。"人生自有来处","来处"究竟何处?周养俊自知"来处",有他的文学作

品为证,更有他即将面世的这本《人生自有来处》为证。他一路走来,"来处"是起点。老子说:"合抱之木,生于毫末;九层之台,起于垒土;千里之行,始于足下。"拿这句话来形容周养俊、理解周养俊,都十分妥帖。他已年逾耳顺,有闲暇也有资格"蓦然回首"了!年少时他更钟情诗歌,那是因为他的青春、他的梦都与诗相仿,甚至可以这样说,他青春的底蕴、他梦想的本身就是一首首诗,这也是有他早年出版的《孤旅独语》等诗集为证的。诗的孤独,说白了是人的孤独,说得更白些是情怀、志向的孤独。一个人在灯下苦吟,或者在旅途行吟,或者伫立峰头对着云卷云舒长歌高吟,谁人理解?几人理解?如今理解者众,却"倩何人唤取,红巾翠袖,揾英雄泪?"多半还是回归文学初心,一个人仍"孤旅独语"而已!

当然,《人生自有来处》已非《孤旅独语》那般"少年心事当拿云"了,说是老生家常话更契合斯书斯文的应有之义。耳顺之后,不堪回首,却禁不住回首,而且还回首频

序

频,想没有感慨都不能够了。如果把记忆比作珍珠,把岁月比作项链,那么文学就是把珍珠连接起来的那一根根细线。日积月累,珍珠成堆,"大珠小珠落玉盘",那是怎样的人生感慨呢?"放下来一堆堆,提起来一串串"(秦腔名丑阎振俗句),那又是怎样的神来之笔呢?《人生自有来处》所收入的篇什,都是这样的散文随笔。如果说读是一种和风细雨的心灵触摸,那么听则是一种"耳临清渭洗"的心弦合奏,只有共鸣了,才不知不觉"曲径通幽"了。都在一个屋檐下听雨水滴答,不同的心情、心绪、心境,会听出不同的旋律,会生发不同的感悟,会谱写不同的音乐华章。周养俊絮絮叨叨的那些人事、物事、流年往事,许多过来人都经历过,却多半秋风过耳,早被岁月稀释得若有若无了,那没有被稀释的,也多半沉淀湖底或尘封老宅了。打捞、启封这样的记忆碎片当然是有意义的,至少能激活一些同龄人、过来人记忆深处的"长眠卡",也会激发一些晚辈后人的围观兴趣,使他们的记忆向逝去的时光隧道延伸。成语云:"一脉

相承"。周养俊的文学就是"一脉",问世,才可能传承。

《人生自有来处》真值得阅读。那些篇什不仅仅是散文,也不仅仅是心灵鸡汤,更确切地说应该是一个人心史的"春秋笔记"。人生是一条河流,花自飘零水自流,人也一样的,每个人都在以各自的方式和姿态漂流;人生是一座山峰,横看成岭侧成峰,不同的角度和高度造就了各人的视野和风景。人在旅途,阴晴圆缺都会扑面而来,悲欢离合都会不期而遇。我为老友周养俊庆幸:他的人生像他的作品一样浪漫、一样生动、一样诗情画意,他的作品又像他的人生一样实在、一样真诚、一样厚积薄发。做人,他尤愧于为文;为文,他得益于做人。于此,我再赠他两句话:"夕阳无限好,黄昏更美妙!"

是为序。

孔明

2017年5月29日

目录 Contents

第一辑　平淡·从容

说家	003
说养狗	007
说说话	010
说走路	013
说吃饭	016
说石头	020
说旅行	023
说过年	026
说信	030
说秦腔	033

说窑洞	037
说说白鹿原	041
说沣河	047
说说师村	052
说说钟楼	057
说说洋县的朱鹮	061
说说紫阳茶	065
说说新疆美食	068
说说猴票	073

第二辑　生活·修行

"人"字结构说　079	说诗歌　112
说一些景象　082	说散文　116
说明白　087	说说读书与写作　120
说真诚　089	说说王宗仁　129
说生气　092	说说陈忠实　133
说放下　095	因为书的拜访　140
说岔路　099	说说贾平凹　144
说失败　102	说说"路遥精神"　148
说知足常乐　106	永远的笛声　152
说文学　109	说说康娜　157

目录

第三辑　生命·回声

说朋友　163	阳台风景　201
祖父语录　168	月光，阳光　204
说甜蜜　173	说炊烟　209
人有根　176	盼雪　212
为自己鼓掌　179	说雪　216
说乡路　182	说砖茶　220
说乡土　185	说习惯　224
说荠菜　189	北海并不遥远　228
五十大话　192	说岁月　234
说说家里人　197	

后记　239

第一辑　平淡·从容

第一辑 平淡·从容

[说家]

落了一场大雪后,天又放晴了。屋檐下的冰凌、道旁的残雪还未融尽,春节就急匆匆地赶来了。

"回家吗?"

"今年回家吗?"

同事们见面多是这样问。

回答几乎是一致的,"回啊!""肯定回呀!"除了有特殊情况,大家都是要回家的。

这家指的是老家,是故乡。

上中学时,我读书的学校离家有一段很长的路,平时住校,每个星期六的下午都要回家背下一周的干粮,然后在星期日下午又按时返回学校。那个年代,人们生活都很困难,农村的孩子除了上学读书,还要干些农活,所以,只要我们一回到家就要马上换上破旧的衣服去劳动。如果

给生产队上工的时间赶不上了,那也要给家里干些体力活儿,挑粪、担土、割草、砍柴,什么活儿都干,时间短,事情多,结果在返校时一个个都筋疲力尽的样子。望着夕阳中匆匆走向学校的孩子,老人们常常都会发出复杂而又无奈的叹息。

我真正离开家,是19世纪70年代初的冬天,那年,我被招进西安市电话局当工人,报到那天寒风凛冽,雪花飞扬。迎着漫天飞雪,一位姓张的师傅把我们三个新工送到单位农场参加入局集训。农场在渭河岸上,风大,沙尘更大,天寒地冻,滴水成冰。我们一起接受集训的几十个年轻人,每天扛着镢头、锨和撬杠,排着整齐的队伍,唱着全国老少都会唱的那些歌,去河滩上修田整地。整整一个冬天,手磨破了,脸和耳朵也冻烂了,没有一个人喊苦叫累,也没有一个人回过家。不是大家不想回家,是集训队规定不许回家,也不准请假,要大家练意志、比干劲、献红心。说实在话,那一段时间是我一生中最想家的时候。

春节到了,我们终于有了回家的机会,队长宣布了放假的通知后,队里几个女孩儿激动得当场就哭了。

我脱下一直没有洗过的劳动布工作服,穿上一套干净的衣服匆匆往回赶。快到家的时候,远远望见祖母在村口的皂角树下张望,寒风吹得她包头的布巾掉在了地上她都没有发现。望着年迈、瘦削的祖母,我的眼泪大滴大滴地

第一辑 平淡·从容

往下掉,祖母却咧着没有几颗牙齿的嘴不停地笑,直到叔叔、婶婶他们发现后赶了来,祖母才说了一句:"我娃可是回来了!"说罢,眼泪终于忍不住流了下来。

那个晚上,祖母炒了好几个菜,祖父把本家几个年龄大的老人都叫了来,又从柜子里拿出一瓶好些年没有舍得喝的好酒。小孩子们也闻讯赶来了,大人们喝酒谈天,小孩儿们吃糖放炮,屋子里满是欢声笑语。那时候,农村人的日子虽然不富裕,但是人们憨厚善良,纯朴真诚,人与人之间充满着浓浓的情意。

正式进单位上班以后,我几乎每个星期天都回家。回到家照样干农活儿,照样找过去的同学、朋友玩,照样上坡下河去捡拾儿时的记忆。

回家逐渐少了的时候,是我结婚有了孩子。能数出一年到头回了几次家的时候,是我的祖母和祖父离开这个世界以后。

回家少,有原因。因为一看到家就伤心。

喊一声"奶奶",没人应,再喊一声"爷爷"也没有人回应。祖母和祖父都远去了,远得再也看不见够不着了。

每次我回到家,一到门口就站住了,木木地站着,眼泪就不由自主地往下流。

一个家,两扇门。祖父母不在了,家里一切就无人

人生自有来处

照应。门老关着不是个家。门开着,屋子敞着,什么都能进,什么都可以出,更不像个家。屋里连个人影也没有了,站在门口的那一瞬间,我忽然觉得家距离我非常遥远。

平时回家少了,逢年过节却是一定要回去的,如果因事没有回去,后面是一定要补上的。因为不回一次家,我这纷乱的心很长时间就难以平静下来。

近几年,我常常在夜里梦见故乡和那些故去的人们。于是,星期天就忍不住开上车在家乡的大路上、小河旁走上一走。那沟沟坎坎,那树木花草,那田野庄稼,那袅袅炊烟,那鸡鸣狗叫,那家乡的一切很快就滋润了我干涸的心,安抚了我躁动的魂灵,好像全身上下顿时顺畅得有了精气神儿。

家乡,是我们灵魂栖息的地方。家乡,是我们的出发点和最后归宿。人一生中总有远行的时候,但是不管你走向哪里,走出多远,你的心总是被家乡牵着。人一生中总有忙和闲的时候,但是不管如何忙碌,也应该抽空儿回家看看。

第一辑 平淡·从容

[说养狗]

在一个早晨,人们几乎同时发现,城市里的狗多了,多到大街小巷,甚至电梯里也会常常遇到,主人们或牵或抱,或散步或奔跑,脸上都洋溢着满足的笑。

见得多了,就知道它们有藏獒、牧羊犬、京巴、吉娃娃、雪豹、拉布拉多等各类品种。犬类,不管品种名贵与否,我以前认为它们原本都是用来看家护院的,直到后来听到几个关于狗的小故事,使我对狗与人关系的认识有了改变。

一次,报纸上刊登了一篇祭犬的文章,文章的作者讲,他养了一条吉娃娃狗,小狗本来就乖巧,精心训练后更加聪明伶俐,可是没有想到,这只可爱的小狗在马路上撒欢时,不幸被一位刚学会开车的司机轧死了。主人很伤心,长时间不能从痛苦中解脱出来,为了寄托哀思,便

人生自有来处

写下了这篇祭文。文章详细叙述了小狗的成长以及主人与小狗的感情,把对小狗的思念写得如泣如诉,更使不少读者落下了同情的眼泪。后来,我见到了这位作者,谈起此事,我说他的文采太好,他说不是文采好而是因为狗好,于是又向我历数了小狗的聪明和灵性,又极动情地叙述了小狗遭遇车祸的过程,情绪又一次陷入痛苦之中。我后悔不该提及此事惹人伤心,这也让我第一次意识到原来狗与人之间的感情可以如此深厚。

　　我没有养过狗,可早就听说狗是通人性的,这个真实的故事再次告诉我,世界上的动物无论种类,都是具有灵性的,所以它们和人相处才有了感情的升级。

　　另一次,是在医院打点滴,同一病室的病人正在和当班小护士谈论狗,说话间进来一位女大夫,小护士忽然不说话了,待她走后,小护士给我们讲起了女大夫和她的宠物狗的故事。女大夫30多岁,丈夫出国,一个人在家备感孤独,于是买来一只京巴小狗,这只京巴陪伴她度过了整整八年时光,却在一个秋日的黄昏老死了。女大夫伤心过度,大病一场,从此发誓不再养狗,她说,狗的死去不亚于家中失去一个亲人。可以想象,丈夫不在身旁,唯一和自己朝夕相伴的小狗忽然离开了,这能不是一个沉重的打击吗?

　　最近,单位一位同事爱犬丢了。那是一条导盲犬,据

第一辑 平淡·从容

说智商可达四五岁小孩的水平，能与人交流，并可以为盲人带路，极其聪明伶俐。这位同事平时生活十分节俭，但对狗从不吝啬，一日三餐绝不将就凑合，不管天阴天晴，无论刮风下雨，每天晚睡早起，牵着狗儿遛马路，单位与家距离很远，但他每天中午仍要回家探望。狗长大了，毛色油光发亮，体格明显比其他狗健壮，惹得楼上楼下、院内院外的孩子们一放学就围着它转，但是这条狗却丢了。同事找遍了西安几乎所有的狗市，访遍了周边的熟人与养狗的朋友，始终没有找到爱犬的踪影。

三位主人对狗的离去或伤感或愤怒，究其原因，不管是宠物也好，人也好，怕的是自己付出感情后的被辜负，这也是人之常情，但生老病死、坎坎坷坷也属常情，主人再痛苦、再伤心也只能接受这个现实。

「 说说话 」

结婚干什么,老人们给他的子孙留下了这么一句话:拉灯睡觉,开灯说话。

这个总结实在是太生活化了,细想还真有水平。拉灯睡觉,自然不需要多说。开灯说话,确实非常重要。人,每天都在说话,男人说男人的话,女人说女人的话;大人说大人的话,小孩儿说小孩儿的话;上班说上班的话,下班说下班的话;朋友说朋友的话,同事说同事的话,夫妻说夫妻的话……

凡此种种,总之,人有说不完的话题,说不完的话。仔细想,一个人从幼时牙牙学语到最后离开这个世界,一生要说多少话?谁人能数得清?

说话,是人与人交流最原始、最基本的手段,在一定意义上讲,也是最有效的手段。即使社会再进步、时代再

第一辑 平淡·从容

前进、技术再发展、信息再广泛,也没有哪个国家不让人说话了。由此可见,在当今社会的交流中,说话依然十分重要。

说话,对于夫妻来说确实重要,一男一女要长期生活在同一屋檐下,恩恩爱爱,白头到老,就必须具有共同的语言,这共同的语言自然是建立在志趣相近、爱好相同、理想统一、目标一致的基础上。只有这样,才可能有说不完的话,才有可能不吵架、少吵架,才有可能吵完了架又很快坐在一起继续说话。我曾与一对80多岁的老夫妻做邻居,每天早晨看见他们一起在厨房做早餐,每天晚饭后他们又互相搀扶着到公园去散步,笑着说着,走着说着,不知道他们怎么有那么多的话,总是说不完,从来没看见过他们红脸,也从来没听见过他们吵架。我曾问过那位大

爷，他说："少年夫妻老来伴，我们这把年纪就剩下说话了，话都说不到一块儿，那怎么还能叫作伴儿呢？"

夫妻是这样，朋友也同样是一个道理。生活中常说这么一句话："酒逢知己千杯少，话不投机半句多。"此话前半句讲的是喝酒要和挚友喝，后半句讲的是说话要找知己的人去说。看似说喝酒，实际上讲的还是"说话"。

当然，说话也要有个度。我曾参观过一座"庄园"，这个庄园的老庄园主给他的子孙定的家训是"智者不言，言者不智"，他的子孙们遵从教诲，认真执行，少说话多做事，现在他们也都在各自的领域有不小的成就。由此看来，"言多必有失"，在有些时候，话还是少说的好。

任何事都要一分为二的分析，就说话一事而言，我们也只要做到该说话时，积极交流；不该说话时，耐心倾听即可。生活就是这样，平淡从容就好。

第一辑 平淡·从容

[说走路]

只要是四肢健全的人,谁不会走路?可是,要真正走好自己的路,也不是件容易的事情。

小时候常摔跤。祖父对我说:"瞅准前方,小心脚下,不要东张西望。"我努力照着去做,果然摔倒的次数少了。

长大后登山涉水,总有人提示:走路不观景,观景莫走路。这是无数人的经验和教训,也是大家都懂得的道理,可为什么还有人在不断提醒呢?原因很简单,就是有人还在犯着这样的错误。

世上本无路,是因为走的人多了才有了路。这说明,路是人踩出来的,这些人为踩出这条路出了多少力,流了多少汗,摔了多少跤?我们应该感谢这些先行者,是他们开山凿石、披荆斩棘、顽强拼搏、艰苦奋斗,才为后来者开辟出了这条路。他们是我们的先辈,也是我们的榜样,

人生自有来处

他们不但给了我们一条路，还给了我们一种精神、一个道理：路，要靠自己去走。

在走的过程中，你可以打头，可以断后，也可以在中间跟着大家走。可是，如果是你一人独走一条路，那一切就得靠自己了，靠自己判断方向的正确，靠自己开拓进取，靠自己走完一条路的全部里程。这对每一个人来说，都是一件很难的事情，都是一场严峻的考验，可是，你必须无条件地去面对，别无选择。于是，有人这样说：走自己的路，让别人说去吧。人们把这句话铭记在心，在辨不清方向无法选择的时候，就用这句话来安慰自己或者别人。当然，也有走对了路但当时却不为人理解，这种人持这种态度，无疑是正确的。

走路摔跤是正常的事情。问题是，不该摔的跤不能摔，关键时候不要摔，因为这时候摔跤代价很大，不但直接影响你走路的速度和质量，甚至影响到你的健康和生命。可是，谁又能保证走路永远都不摔跤呢？我想，一是要汲取别人的经验和教训，不要重复前人走错了的路；二是要注意，尽可能把损失减少到最低程度；三是摔倒了要爬起来，靠自己爬起来，以最快的速度爬起来。这三句话说起来很容易，要做到却需要终生努力。

著名作家柳青在他的文学巨著《创业史》中告诉人们："人生的道路虽然漫长，但紧要处常常只有几步，特

第一辑 平淡·从容

别是当人年轻的时候。"柳青先生的这一经典名言,不仅深刻揭示了人生的意义,同时也是对每一个人的告诫,所以,我们不管在生活中走路还是走自己的人生之路,都必须谨记在心,并且照着它认真去做。

人生自有来处

「 说吃饭 」

许多地方,至今还保持着上世纪六七十年代的习惯:两人一碰面,先问一句"吃了没有?"那会儿,无论是一天的什么时候,也不管在什么样的场合,见面总是先问吃。

其实,这种问候是过去那个年代流传下来的。那时候,如果每天每顿能够吃上饭、吃饱饭,一年四季不断粮,那就是世界上最幸福的人了。而有没有吃饭,自然也就成了人们最关心的问题。

我们家吃饭也是有严格规定的,祖父是规定的制定者,也是监督者。具体要求是:吃饭前要洗手,吃饭时要坐端正、不能说话、嘴不能吧唧,吃完饭要把碗舔干净;违反者,取消下顿饭的吃饭资格。开始,我对舔碗有异议,结果两顿饭没吃上,最终在祖父的亲自示范和监督下

第一辑 平淡·从容

学会了舔碗,而且一直坚持了许多年,到单位上班后才改掉了这个"习惯"。

小时候,我曾和祖父一起拉着自家生产的大米到城里换包谷面,天还没有亮就出发了,到纺织城时工人才上班。那时浐河两岸生产一种叫桂花球的水稻,产量不高,吃起来很香。每年青黄不接时,祖父都要把这金贵的桂花球从柜子里拿出来,收拾干净后拉到西安换包谷面或者高粱米。走在半路上,祖父告诉我,说这次去是要锻炼我,于是一遍遍教我吆喝"大米换包谷面了——"我说这一次就让我学习一下,下次再正式进行。祖父胡子一翘生气了,骂我没出息,断定我这辈子讨饭也讨不下一碗热的。当时我说什么也不能理解祖父的良苦用心,就是不吆喝。我心想,拿大米换包谷面就已经够窝囊了,还吆喝?太丢

人！祖父很生气，不再理我，自己扯着喉咙去吆喝。午饭后不长时间，我们的大米就换完了。祖父很高兴，说："走，咱吃羊肉泡馍去！"但是祖父给我买好饭后就走了，我问他干什么去，他说有事。当时我已经饿极了，看到这碗从来没有吃过的羊肉泡馍，什么都顾不上想了。吃罢饭，到处找祖父，就是不见人，找了几圈，结果在我们拉的架子车后面找到他老人家。他一手拿着只麸子疙瘩子，一手就着碗白开水艰难地往下咽，想起刚才那一大碗热气腾腾的羊肉泡馍，我的眼泪止不住流了出来。

多少年过去了，这一幕一直刀刻似的留在我的脑海里。后来读著名作家路遥的小说《人生》，当读到主人公高加林进城卖馍一章时，我的眼泪止不住地流出来了，我想起了当年的换大米。我佩服路遥的才华，相信生活中的路遥一定有过这样的经历，后来读他《在困难的日子里》得到了验证，也许就是这些苦难的经历才成就了这位大作家。

近些年，许多人患有高血压、高血脂、高血糖，究其原因是营养过剩，说白了，就是白米细面吃多了。医生要求注意饮食，朋友劝少吃主食，不少人无所适从，一时不知该吃什么好。开始我也纳闷，怎么饭也能把人吃出病？如今，不少人到处找杂粮吃，什么包谷面、玉米糁子、野菜、槐花、榆钱、红薯都成了饭桌上的稀罕物，乡下农家

第一辑 平淡·从容

乐也红火起来了。周末一家赶到乡下,为的就是吃一口环保的、绿色的食品。

过去常讲"民以食为天",显然吃饭是人的第一重要,要的是生存;现在讲生活质量,想的是如何吃好、吃得环保,为的是健康。时代不同了,吃饭的追求也不同了。

「 说石头 」

　　河水是从绵延起伏的终南山里流出来的，石头是被山里的洪水冲下来的。在河水的冲刷中，在石头与石头的撞击中，大石头变成了小石头，小石头变成了卵石，卵石变成了沙子。于是，水一波追一波，一浪赶一浪，一直追赶到黄河里。不少卵石和沙子也跟着去了，留下的全是大石头，它们横一块，竖一块，左一块，右一块，把个白布带似的小河点缀得格外生动。

　　很早以前，白鹿原上有个叫牛才子的，上通天文，下知地理，古今之事无所不知无所不晓，是当时方圆数百里有名的文化人。一日，这位大举人挽起裤腿过河时，面对河滩上的石头发起了呆，临走时撂下一句让人费解的话：满地的银子啊！

　　这打地基、砌猪圈、垒茅房、做垫脚石的物什能是银

第一辑 平淡·从容

子吗？银子是这满河滩的烂石头吗？老人们摇头，年轻人撇嘴，都以为牛才子是酒后醉语。说来也奇怪，一百多年了，虽然人们谁也不相信牛才子的这句话，却还是一辈一辈认真地传到了今天。想不到的是百年后牛才子的话得到了应验，你看那到处林立的一栋高过一栋的高楼，再看这一座座小桥、大桥、立交桥，还有那一条条望不到尽头的省道、国道、高速公路，哪一个不以沙石为主要材料？

我享用石头是在60年代寒冷的冬夜里，那时候我还没有见过热水袋之类的东西，温暖我童年冬夜的就是祖父从河里搬回的一块又圆又光的大石头。每天睡觉前，祖母就会把石头放在灶台上慢慢煨热，然后用一块布把石头包起来放进我的被窝里，当我上床睡觉的时候，被窝里已经暖和了。

真正看到沙石能换钱是在70年代,我所在的中学和全国一样正在贯彻落实"学工学农学军"的最高指示,我们放下课本,高唱着"五七指示放光芒"的歌,从学校门前的小河里把沙石一车车拉进纺织城的工厂里,用换来的钱为学校搞建设。

如今,走在城市的大街上,总觉得这路上铺的、楼房上用的都是家乡小河里的沙子和石头,于是感到由衷地亲切和高兴。每次望见小河的时候,就又觉得自己是一枚小小的石子,永远都在故乡的怀抱里。

第一辑 平淡·从容

「 说旅行 」

  我从来没有渴望过旅行，但却走了不少地方。因为，我所谓的旅行，大都是因开会、学习，顺路走了一些地方，有的是人们都知道的那种考察，结果看了不少自然风光和历史文化。走了，看了，就有了一些感受、启示和体会，有时甚至还有一些冲动，于是也就记了一些笔记，复写了点滴生活，闲暇时拿出整理整理，渐渐地就有了这些文字。说起来也怪，去台湾时我用心记了一些东西，可是整理时却成不了文，倒是没有记在本子上的，如《槟榔西施》《化妆室》等却凑成了文字。还有，去了欧洲两次，先后几次进出巴黎，想写的很多，至今却未写出一篇来。也许，没能写出来是因为美才写不出来，也许是悟性太差，一直找不到落笔之处，总之感到遗憾。

  有人说，不向远处走就没有故事可讲；也有人说，没

人生自有来处

有旅行,对生活就缺少一份感悟。照此推理,旅行者的文章就一定要丰富、深刻、动人、感人,令读者爱不释手。我的文章不是这样,因为,我的旅行都是走马观花、蜻蜓点水,刚拍过照片的地方可能一转身就记不起名字了。更因为我天资愚钝和笔力笨拙,所写之景未必是美中精华,所叙之事未必能引人入胜,所记之人就未必深刻典型,所发之感也就未必是灵性的感悟。甚至,一些事件的年代,一些地方的地理位置,一些人物的生平、历史也没有进行认真的考证。这些都是要说明的,不然会以讹传讹的。不过,我在整理这部书稿的时候,真的感到了一种欣慰。因为,忽然发现我这几年走了这么多的地方,经历了这么多的事情,认识了这么多的人,留下了这么多的记忆,而且相当一部分我已经把它们变成了文字,这说明活儿没有白干,细想,还是有点儿成绩的。

　　我以为旅行的含义应该更宽泛些,因为世界上的每一个人每一天都在旅行,而旅行的人在人生的旅程中,都是具体的行者。他们有自己的七情六欲、喜怒哀乐,有自己的追求和向往,也有自己对人生的经历和思考。我写这些文章是因为生活和他们感动了我,我把这些写他们的文章收进来,是为了丰富我这部单薄的集子,同时,也许能丰富我尚不够完满的人生。

　　写完上面这段话,我仿佛又走上了一条长长的路,这

第一辑 平淡·从容

条路极力向前伸展着,不知道它会把我带向哪里,但我相信,我的头顶上永远有太阳、月亮和星星,有翱翔的雄鹰和不知名的小鸟,我的身旁也一定有河流、村庄、花草、树木和许许多多认识和不认识的人。在这条道路上,我会驻足凝视,我会犹豫彷徨,我也会泪洒衣衫,但是,我会坚定不移地走下去,因为前面是我要去的远方。

人生自有乐处

「 说过年 」

在乡下,走进农历十二月,腊八粥的香味儿就扑鼻而来。按照老习俗,腊月初八就是春节的前奏,是准备过年的日子。于是,人们开始打扫屋里院外、碾米磨面、赶集买菜、置办年货。

说着、忙着就到了腊月二十三。这个晚上无论贫富贵贱,家家户户都要烙饦饦馍,有甜的有咸的也有什么调味料也不放的,用来祭祀灶王爷,于是,那诱人的麦香味儿就伴随着袅袅炊烟在乡村上空弥漫。祭灶日过后,各家主妇就发面做招待客人的蛋蛋馍、花花馍、羔子馍和走亲戚、访朋友时带的礼馍了。这是乡下妇女展现自己本领的时候,一个主妇如何的心灵手巧都会表现在馍的内容和形式上。于是,切菜声、风箱声响了起来,开水在灶头的锅里咕嘟嘟地翻滚着,捂不住的热气从锅盖边缘不断升腾、

第一辑 平淡·从容

消散,把屋子烘得暖融融的,村头大喇叭里秦腔也吼将起来,乡村的年味儿就愈发地浓了。

腊月三十,人们习惯称年三十儿,这个夜晚,家家户户的灯火把大街小巷照得亮堂堂的。老人和儿孙们团聚在一起吃年夜饭,还要把先祖的牌位、遗像供在厅堂的桌子上,点上蜡烛和香,献上水果、糕点和饭菜。一家人一边吃一边拉话儿,直等到零点放了辞旧迎新的鞭炮,这才去休息,有的多喝几杯酒,兴奋得一夜都不睡。用乡下人的话说,这就是守岁。

乡下人大年初一不出门,一家人吃吃喝喝,三顿饭不离桌,要是遇到大雪天,老人们就都在土炕上不下来。这时候,长辈会给孩子们发压岁钱,拿到压岁钱的孩子必然拿上钱去买鞭炮、糖果和玩意儿,撒着欢儿地去玩。这一

人生自有来处

天,不管小孩儿有什么错,大人们都会宽容的。

大年初二,是走岳父家的日子,于是男人们携妻带子,拿上早已准备好的礼品就出发了,这一天就在岳父家过。不出门的老人们就把剩下的饭菜热一热凑合吃了,等着儿子媳妇一家晚上回来再做新饭吃。

到了正月初三大家就分散行动了,先走姑家、姨家和舅家这些主要亲戚,往后再走关系远一点的亲戚和朋友。

乡下人过年,一直到正月十五。这一段时间都叫年,走完了亲戚朋友还要扭秧歌、耍社火、走高跷、唱大戏,这村耍了那村耍,这村停了那村起,每天都有新内容,把这年味儿弄得越来越浓。

城市与乡村不同,城市里是闻不到年味儿的。每年岁末,商场里拥挤的顾客,街道上匆匆的行人,马路上拥堵的车辆,单位里总结会、表彰会、新年工作研讨会……这时才感觉旧的一年即将结束,新的一年就要到了。之后,机关、单位、工厂、商场的大门上都贴上了大红春联,挂上了大红灯笼,这城市就放假了。

放了假的城市格外冷清,与热热闹闹的乡村形成了鲜明的对比。单位大门贴了放假通知,办公室的门上贴了封条,大街上车辆出奇的少,小巷里的行人也数得过来。

所以说,春节是乡下人的节日。城市人看重阳历,乡下人重视阴历。城市孩子生日只记阳历,乡下人说孩子生日肯定是阴历。近几年城市特别推崇情人节、圣诞节，一些年轻人通宵达旦地狂欢，把外国人的节过到了极致。乡下人对这些洋节却不屑一顾，压根儿就像没有这节日似的。

城市也有许多人的老家在乡村，所以每到这时，他们都回乡下过年，单位一放假，他们就携家带口，乘飞机、坐火车、挤汽车，千里迢迢地去探亲，和乡下父母一起过年，完了才回到城市过自个儿的年，有的干脆在乡下陪父母过完年才回单位上班。不少人都为能回老家过年感到幸福，因为，有家可回的人不是父母健在，就是有兄弟姐妹在盼着团聚，"每逢佳节倍思亲"啊！

其实，年味儿是人营造的，是人的情感营造的，而更多的则是传统文化所致，它是先人留下来的，先人们留下的不能丢，也丢不了。

「 说信 」

在报社工作那些年,几乎每天都有信件从远方飞来,作者的稿件,朋友的问候,同行间的业务来往,一周半月总要把那些信件清理一次,否则,案头就没有笔墨稿纸的位置。离开报社后,来信量骤然下跌,再后来,竟少得几乎没有了,偶然收到一封、两封信,就稀罕得不行,非要看上三两遍才肯放下,那信和信封也堆放得整齐了,甚至对一些还精心收藏。没有信来时,心里就空荡荡的难受,想急了,就抓笔,欲写几句话给老朋友,可是十有八九是提起难落下,因为没有要紧的话说,于是,抓耳挠腮,独自一人偷偷苦笑。

一日,与朋友哲闲聊,无意中将此不快说与他,哲随手掏出一块剪来的文章给我看,文章中有几行铅字下用红笔画了杠,细看,原来是徐訏先生的一段话:"交友是人

第一辑 平淡·从容

生寂寞的旅途偶然的同路客,走完某一段路,转弯,这是他的自由。在那段同行的路上,你跌倒了他来扶你,遇到野兽一同抵抗,这是情理之中的。路已不同,彼此虽是关念,但也就无法互相援助。但是这时候彼此也许就遇到新的同路客了。"徐訏的话很短,却回答了我思考了很久的难题,我不能不佩服他的通透,可是渴望老朋友来信的心情还是难以遏止。哲笑我太愚痴,他说:人们讲友谊,但友谊是相对的,要保持永久很难,因为环境在变化,每个人每一阶段都有不同的朋友,老朋友虽然常常念及,牵系在心,要保持很密切的关系,是相当吃力的。他要我静静地回忆一下,验证他说的是不是有道理。

是夜,久不能寐。妻问何故,我将白天之事前后叙述了一遍,妻连说徐訏、哲说得很有道理。她说:上个

月，她们曾经一起去参加三线修襄渝铁路的女同志聚会，20年前关系很要好，甚至是患难之交的朋友，现在坐在一起语言已不那么相投了。老同学、老朋友久别重逢，自然欢喜不尽，可是相互介绍了近些年的情况后，却再没有话说了。妻不断叹息，却说不奇怪，因为大家分别都20多年了，甭说环境变化，哪个人的思想修养不变化？性格兴趣不变化？

徐先生的睿智，哲的聪明，妻的豁达，都高出我一筹或更多，自然对我是一堂生动的人生课。想童年的伙伴，中学时的学友，曾工作过几个单位的同事，至今保持联系的尚有几人，掐指细算不少已面目陌生，甚至连名姓也记他不起了。所经历过的许多事情，所走过的那一段段路，连同那些关系十分要好的朋友却刀刻斧凿般留在我的记忆中。也许是我愚痴，也许是我浓厚的怀旧心理作祟，虽然他们早已与我不同路了，可是我一直不能忘记他们，不敢忘记他们。

第一辑 平淡·从容

[说秦腔]

我曾听过这样一个故事:

说一美籍华人富翁,在弥留之际忽然向儿子提出了渴望听秦腔的心愿。

儿子一下傻了眼,这是在美国,上哪儿去找唱秦腔的人啊!可是,眼看老父亲就要离开这个世界了,这么小一个要求能不满足吗?儿子打遍了所有美国朋友的电话也没有如愿,终于有熟人给他提供了一个信息,说在附近超市发现了几个新面孔的中国青年,让他去试试。

儿子直奔超市,很快在那几个青年中找到了一个陕西人。儿子问他会不会唱秦腔,那青年直摇头。儿子说那你肯定看过秦腔,那青年说看得很少,现在都记不清看的啥了。儿子说明了原委,拉着那青年就要上车,青年无奈,只好跟着去了。

人生自有来处

　　富翁正在昏迷中，听儿子说来了唱秦腔的，眼睛一下睁开了，深情地望着这位来自陕西的青年，嘴里还发出来"啊——啊——"的声音。青年被这场面感动了，竟神使鬼差地吼出了几声。老人的脸抽动了几下，头一歪就闭上了眼睛，那样子就仿佛是平时熟睡了的状态。

　　事后，不少人问这位陕西青年当时唱的什么，青年说他也不知道，就是模仿戏中人物那样唱的。

　　这是一位大学教授给我们单位做辅导报告时讲的故事。他要说明的是中国传统文化对人、对世界的影响。从另一个角度去理解，我总觉得是一位海外游子对故土、对家乡、对亲人的思念。

　　关中农村人逢年过节要唱戏，遇有重大活动要唱戏，儿子成亲要唱戏，生孩子做满月要唱戏，老人去世也要唱戏，这些戏无论是专业剧团，还是民间自发组织的自乐班演出，唱的全都是秦腔。

　　平时生活中，会唱秦腔的人也很多，他们多是从父辈那里学来的，当然也包括看戏时学唱的。这些人唱秦腔不分场合、不分地点，高兴时唱、伤心时也唱，遇有红事唱、遇见白事也唱，干活时唱、休息时也唱，别人起哄要求他唱时唱、一个人单独行走时也唱……高兴时、遇红事时唱花音，唱快板；伤心时、逢白事就唱苦音。唱花音慷慨激昂，回肠荡气，令人振奋；唱苦音悲悲凄凄，哀哀怨怨，听众也跟着落泪。爱唱秦腔的人，一听到乐器弦索响就喉咙发痒，不让他唱也挡不住。爱拉乐器的听见唱秦腔的声音手指也不由自主地摇动。有一唱小生的秦腔爱好者，临终前什么也没有给儿女交代，说的只有一句话："一定要安排三场大戏！"

我生长在农村，从小就接受秦腔的熏陶和教育。我们那些可亲可敬的长辈多数不识字，有的甚至连自己的姓名也写不好，但是他们出口就是戏文，许多剧中人物的主要唱段和独白都背得滚瓜烂熟。所以，他们讲给子孙的多是秦腔戏中的故事，对子孙的教育也经常引用剧中正面人物的名言警句。歌颂忠臣贤良，鄙视奸臣小人，崇尚自由婚姻，同情贫穷弱势，尊敬父母，爱护儿童，一直都是农村老人对子孙进行教育的主题。

我们聪明智慧的先人们早就懂得高台教化、寓教于乐这个道理，并一代一代将此付之于实践。

我一直不能忘记，那个年代的秦腔移植"样板戏"，是它们给了我理想、信念和精神，促进了我世界观的形成，也引导我走上了学习文学创作的道路。这是经过许多高手千锤百炼的经典作品，也是对秦腔艺术改革的成功典范。我们应该承认、肯定，并予以发扬光大。这样才能不辜负我们的先祖，不辜负秦腔这一门传统的艺术根本。

秦腔诞生于广大群众之中，根植于广大群众之中，所

人生自有来处

以也只有永远面向群众,服务于群众,永远适应于群众的审美要求和思想精神追求,才能永远保持旺盛的生命力。

我们热爱秦腔,是因为我们热爱这一块土地,热爱这一块土地上的人们和人们所创造的一切。

第一辑 平淡·从容

[说窑洞]

写下"窑洞"这两个字,我的眼前就浮现出一排排废弃了的窑洞,它们像一双双锐利的眼睛直视着我,使我感到既亲切又有一些敬畏。

久违了,故乡,故乡的窑洞。

不是我不想回忆这些往事,也不是我没有想过去写"窑洞",是我担心自己的笔难以把它写好。

不知道谁第一个想到挖窑洞居住,也不知道先人们在这样的土洞里住了多少年、多少代。但是我知道,从记事的那一天开始,村里的老老少少都住这样的窑洞,我们就像那些动物一样栖息在这黄土坡上人工开凿的土穴里。

挖窑洞并不复杂,也不需要什么成本,只要人的力气和挖土运土的工具就行了。挖窑洞也没有时间限制,可

人生自有来处

以一口气挖到头,也可以挖一段先住上,然后再慢慢地往深里挖,直到满意为止。我和祖父母住在一孔破窑洞里,这孔窑洞的中间已经塌陷,形成了前、中、后三部分,前面的住人,后面的放柴草农具拴牛羊,中间部分因露天就种些南瓜、茄子、生姜、向日葵什么的,一年四季除了冬天,都有些生机,阳光很充足。

我们住的这部分窑洞约有十多平方米,装着我们家的全部家当,有锅灶、案板、水瓮、面缸,有土炕、柜子,还有一把三条腿的椅子。当我把这些讲给儿子听的时候,他无论如何也想象不出我和祖父母当年是怎样在这样的环境里生存下去的,甚至不相信这样的窑洞能够住人。他是在城市里长大的孩子,对农村知道得很少,自然情有可原,可是我一直认为他应该知道,这样的窑洞里住过我,住过我的父辈,住过许许多多的人,几千年了,他们一直这样居住和生活着。让我们的孩子记住黄土高坡上的这些窑洞,记住曾在窑洞里生活的人们,记住窑洞漫长的历史。

窑洞虽然破旧,却充满着温馨和幸福,那里有祖母的爱心和呵护。当一个白生生的馒头拿到手中的时候,当一碗热腾腾的面条端到面前的时候,当生日那天桌上出现炒鸡蛋的时候,当受了委屈的心得到安慰的时候,我就是世

第一辑 平淡·从容

界上最幸福的人。

窑洞也曾经漂亮。那是在春节,窑洞里里外外被白土刷得干干净净,墙壁贴上了胖娃娃骑大鲤鱼的年画,窗户也贴上了祖母用红纸剪成的窗花。这时候的窑洞简直就是我的乐园、天堂。

窑洞的面目也曾狰狞过。那是秋季下连阴雨,窑洞上面不停往下掉土,中间的塌陷在扩大的时候,还有,脾气暴躁的祖父因为没米下锅想不出办法而摔盆砸碗的时候。那个时候,一家人的脸色比下雨的天还要阴沉。

一场大雨之后,破窑洞的前半部分终于彻底倒塌了。它就像一位上了年岁的老人再也支撑不住,悄悄地倒下了,不知不觉地倒下了,倒得那样自然,倒得那样平常,倒得又那样意外。好在我们一家十天前就搬进了新屋,要不然后果就不堪设想了。祖父叼着旱烟袋,在破窑洞前整整蹲了一天。

破窑洞前半部分塌掉了,后半部分也渐渐被掉下的土堵塞得剩下了一只小孔,小孔就像一只眼睛,每当想起故乡的时候就想到它,每当想起离开很久的祖父、祖母的时候就会想到它。有时候它就在我的背后盯着我,让我终有千般苦万般难也不敢后退。有时候它又在面前望着我,使我往前走的信心更足,步子迈得更大。

又是一年过去了，山坡上的草又绿了，崖畔上的花又红了，那孔残缺不全的窑洞还是那么静静地卧着，那只眼睛还是那样专注地望着前方，望着我这个漂泊在外的游子。它想说什么，它要说什么，我全知道。

第一辑 平淡·从容

说说白鹿原

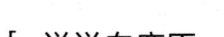

　　白鹿原在西安市东郊，又称首阳山、长寿山、狄寨塬等。据说白鹿原最早叫首阳山，那年滕公晏驾，滕国上下都在哀思，并且给滕公送葬。这日，滕公灵柩被抬到长寿山上时，见一白鹿由北向南飞驰而去，滕国人认为白鹿乃吉祥之物，便将滕公葬于此，从此将首阳山更名为白鹿原。

　　传说，人类还处在蛮荒状态时，白鹿原已经是一个人类天堂。母系氏族社会时，白鹿原更是山清水秀，古木参天，三条河川滋润，树木葱郁，芳草萋萋，鸟鸣蝶舞，自然和谐。人们在这里捕鱼狩猎，辛勤劳作，无拘无束，自由自在地生活着。有文字记述说，当时这里的人腾空不堕，涉水不沉，入火不热，更无任何天灾人祸。

　　传说很早以前，管理天河的神龙鲸将军在水下潜

身巡逻时,发现了饮水的鹿群中有一只可爱的小白鹿,神龙鲸将军十分喜欢这只不喝水、只在水中张望的小鹿,便悄悄尾随其后,趁其不备将其抱了起来,没想到他怀中的小鹿忽然变成了婀娜多姿、亭亭玉立的白衣仙女。原来这白衣仙女是天帝母亲的侍女白鹿仙子,因为仰慕神龙鲸将军,借饮水之机专门来看这位心目中的英雄的。

神龙鲸将军原是渤海里一个通灵至性的鲸鱼,苦苦修炼千余年,每年都溯黄河到龙门,希望能跳出龙门,腾化成龙,但因种种原因,一直未能成功。女娲治水时,鲸鱼帮助女娲勇斗恶鳖蛟精,使女娲平息了洪灾祸乱,免除了天下生灵涂炭。女娲如实将此事向天庭奏报,天帝念鲸鱼善良忠勇,破格任命鲸鱼为天龙,召至天上,封为神龙鲸大将军,专门守护天河。

白鹿仙子听说神龙鲸的事迹后,深为女娲和鲸鱼勇斗邪恶,重整乾坤的壮举所感动,遂对神龙鲸大将军产生了爱慕之情。神龙鲸也爱上了白鹿仙子的美丽善良,白鹿仙子走后他还紧追不放,追到南天门时竟与守卫将军发生争执,此事很快被天帝知晓,便派天神抓了神龙鲸。神龙鲸与白鹿仙子相爱触犯天规条律,本应判处死罪,后因帝母说情,神龙鲸被赦去死罪,贬于凡间,白鹿仙子依然留在帝母身边,天帝让其闭门思过,戴罪立功。此时,人间缺

第一辑 平淡·从容

少福地,灾难祸事不断,太白金星遂向天帝举荐白鹿仙子到人间消灾播福,塑造福地。

白鹿仙子与神龙鲸将军分别后,非常思念,日夜牵挂着因爱她受难的神龙鲸大将军。这一切,帝母看在眼里,急在心里,听说白鹿仙子有到凡间的机会,便立即应允,并赐灵芝一枚给白鹿仙子,催其尽快行动。

说话间,神州大地已经到了西周王朝。这一日,周平王带领众将士外出考察建立新都城的地方,他们涉过一条滔滔大河,登上了一座广阔苍莽的平原,顿时心旷神怡、精神振奋。他认为这座平原不仅是块进可攻、退可守的军事要地,而且是一个建立都城的福地,于是命令部下安营扎寨,深入考察。

第二天拂晓,睡梦中的周平王被外面的惊呼声吵醒,他急忙跑出屋门察看,见祥光瑞气拥裹着一个绵白如玉的物体冉冉而来。周平王定睛细看,原来祥光环护的是一只通体雪白的神鹿。

白鹿有一双明亮的大眼睛,口衔一枚鲜艳欲滴的灵芝,四蹄踩云生风,自天空飘然而至。这白鹿便是奉天帝圣旨来消灾播福的白鹿仙子。

白鹿正要落地。忽然发现地上有大批手持兵器的兵士,急忙转身逃走。周平王射猎多年,从未见过这种奇异之物,遂命将士拼命追赶。逃跑中,白鹿身受箭伤,并且

丢失了帝母赐给她的灵芝仙草。

周平王带领将士左冲右堵,前围后剿,最终一无所获,白鹿倏忽间消失得无踪无影。

可是,当地的人们发现,凡是白鹿经过的地方,淫雾毒气尽皆散去,毒虫恶蝎全都僵死,瘟疫灾事从此不再,温馨祥和的气象重新出现。从此,这里草木茂盛,百卉竞开,六畜兴旺,人寿年丰。有谚语道:"白鹿原,长寿山,土儿肥,六畜欢,只要见苗收一半。"人们为了纪念这只给他们带来吉祥康乐的神鹿,便把这座塬称为白鹿原,并且把白鹿躲藏的庙叫白鹿寺,把白鹿遗落灵芝的地方叫灵芝沟,把白鹿经过的地方叫鹿到坡、神鹿坊等等。

周平王与众将士未找到白鹿,却发现有白鹿的塬是一块祥瑞的风水宝地,看星象还是龙脉所在,回到宫中就命令手下测形绘图,择日兴工动土,决心在这塬上举建新的王宫。

说来也奇巧,那个被天帝赦去死罪、贬于凡间的神龙鲸大将军就潜藏在这坐古塬下,而且因得古塬厚土滋润、福地精华沐浴、百年修炼已经成了一条真正的神龙。

这一日,神龙鲸忽然被强烈的震动惊醒,开目一看,发现周王朝的千军万马已经开始在这里修建王宫都城了。神龙鲸虽威力无边,这阵势他却从未见过,心中不免十分

第一辑 平淡·从容

惊骇,他不想永远困在地下,并且渴盼与白鹿仙子相聚,于是咬牙挥泪告了这块修炼了百余年的地方,运尽神力连夜向西逃去。与此同时,白鹿原从东南向西北就拉开了一条巨大的深沟,沟里还发现了一脉溪流。这条大沟,被人们称之为鲸鱼沟。从此白鹿原不再完整,但却多了一道水乡泽园的风景。鲸鱼沟从此润泽着世世代代的白鹿原人,演绎着许许多多平常的或波澜壮阔的故事。

神龙鲸后来跑到什么地方去了?白鹿仙子是否与神龙鲸相会?天才的作家,普通的百姓,曾编织也还正在编织许许多多关于白鹿仙子、神龙鲸的故事,这些多数是神话传说、民间传说,但是白鹿原、鲸鱼沟永远是真的,因为它们看得见、摸得着,实实在在地存在着。

1993年6月,著名作家陈忠实先生的长篇小说《白鹿原》正式出版,1997年又荣获中国第四届茅盾文学奖。《白鹿原》以陕西关中平原上素有"仁义村"之称的白鹿村为背景,细腻地反映出白姓和鹿姓两大家族祖孙三代的恩怨纷争。评论家认为,全书浓缩着深沉的民族历史内涵,有令人震撼的真实感和厚重的史诗风格。其畅销和广受海内外读者赞赏欢迎的程度,为中国当代文学作品所罕见。

陈忠实先生是白鹿原人,写下了这部以"白鹿原"为书名的长篇巨著,不仅为中国文化艺术事业做出了重

大贡献,也使"白鹿原"的名声越来越大,传播得越来越远。

白鹿原,不仅仅是传说。

第一辑 平淡·从容

[说沣河]

像一条长长的白飘带,从终南山深处飞出,蜿蜒向北边的渭河伸展而去,几千年了,就这么年复一年、日复一日地流淌着,流淌着西周文明的灿烂,流淌着汉武大帝的彪炳辉煌,流淌着诗经、唐诗的韵律,流淌着老百姓酸甜苦辣的日子……

沣河,一条古老、历史悠久的河,一条母亲的河……

我出生在斗门镇,在沣河边生活过一段时间。那时候,沣河、沣河桥是斗门一带最好看的地方,也是我儿时玩耍的好去处。春天,这里桃红柳绿、百花绽放。夏天,这里凉风习习、十分惬意。秋季,这里瓜果飘香、果实累累。冬季,这里银装素裹,一片洁白。一年四季总有好看的、好吃的、好玩的。那时候,我年纪还小,最爱的是夏天,最爱玩的是河水,打水仗、捉鱼、抓螃蟹。那时候的

人生自有来处

沣河水特别清，河边沙子细白柔软，踩上去像绸缎一样。岸边草木葱茏，柳丝杨絮随风飞舞。水中的鱼虾多得数不清，自由自在地游着。

离开沣河，是因为我在沣河桥上玩耍，不小心被一辆自行车撞伤了腿，在斗门区工作的父母亲工作忙，无暇照顾，只好把我送到了老家祖父母身旁。我们老家门前也有一条河，是"长安八水"之一的潏河。可是，我总觉得没有沣河好看、好玩。长大了，我才知道潏河不比沣河，主要还是历史和文化的原因。沣河文化是西周的标志，是中国文化的起源，是生产诗经、唐诗的地方，沣河边有都城、有昆明池、有车马坑，这些是潏河和另外长安的六条河都没有的。

上中学的时候，语文课的王老师给我们讲长安的水和景，说"沣河发源于终南山北侧的沣溪口，水北流入渭河，分为三段，自沣溪至秦渡镇为上游，从秦渡镇至客省庄为中流，从客省庄至咸阳渭河为下流"。沣河是渭河支流中水量较大的一条，沣河在北流过程中，有一些水量丰沛的河流注入，主要是石砭峪河、高冠峪河、太平峪河、大峪河等。王老师毕业于陕西师范大学，家是长安斗门人，从小在沣河边长大，对长安的历史文化很熟悉。

沣河不仅为政治、军事做过贡献，还是我们的母亲河，它滋润着这块丰饶的土地，哺育着一代又一代沣河

第一辑 平淡·从容

儿女。因为沣河水，两岸稻谷飘香，最有名的叫"桂花球"，米粒饱满味香，远近闻名，是关中的一大特产。沣河岸边的秦渡镇，家家户户都做得一手美味可口的米面凉皮，其声誉大半个中国无人不知晓。上世纪六七十年代，因为缺少粮食，大米一时间成了高档食品。特别是每年的二三月，新旧粮食接不上茬儿，沣河两岸的农民常带着大米到城里换玉米面、高粱米来度饥荒。

秦地无闲草，沣河岸边生长的水芹菜、灰灰菜、荠菜、仁汉菜、姜干等野菜，或煮，或炒，或凉拌，都可入口。这些野菜在"瓜菜代"的年月里，曾救过困难农民的命，至今也是农家乐餐桌上的美味佳肴。

对沣河的美好记忆，一直伴随着我的生活和工作。沣河的水滋养着、丰盈着我的心灵。然而有一天，我与沣河再次邂逅时，竟然发现它已面目全非，浑身千疮百孔。那是上世纪90年代，我的小弟在斗门派出所上班，我去看他，也想顺路看看儿时玩耍的地方，令我吃惊的是沣河变样了，变得我都不认识了。干涸的河床遍体鳞伤，一个个大坑里有人在选石拉沙，机器的轰鸣声，铁锨和沙石的摩擦声不绝于耳。沣河两岸再不见稻谷的影子，取而代之的是遍地的玉米和红薯。当地农民告诉我，由于大量开采砂石，河床已下到黑色泥底，沣河上游的一些小纸厂排放的污水也使本来就很少的河水成了浊水。

人生自有来处

　　沣河的褴褛和病痛深深刺痛了我的心，那天，我在沣河边站了很久，很久，我在想沣河的过去、现在，还有未来。未来是什么样，我不知道，但有一点是肯定的，开启人类文明的这条河，决不会轻易干涸，一定会碧波荡漾，源远流长。

　　盼望着，盼望着，绿色生态环保的春天终于来了。在"绿水青山就是金山银山"的春风里，沣河苏醒了，像吃了"还魂丹"，神采奕奕，水丰岸绿，天阔鸭嬉，鸟飞鱼翔。今年3月15日，格兰文化、西北大学陕西文化产业研究院组织《沣河的记忆》采风活动，我有幸参加，随着一群作家、学者走进了西咸金融自贸区，一睹沣河新貌。西咸新区的工作人员热情接待我们，给我们详细介绍了沣河的昨天和这座新城的建设情况，使站立在寒风细雨中的我们很快暖和了起来。

　　西咸新区丝路经济带能源金融贸易区，是一座即将崛起的新城，2015年开始建设，属于沣河综合治理项目，建设者要在这里打造生态绿洲和生态水面，建成千亩湖面的沣河"金湾"，再造"落霞与孤鹜齐飞，秋水共长天一色"的胜景，展现大水大绿、天人合一，和谐共生的人文、生态景观。

　　园区将以沣河为载体，着力描绘金湾湖面的广阔浩瀚，平湖秋色，将周文化的精神与大水大绿相互融合，并

将现代水岸与精美的现代建筑相互糅合,真正实现城市与自然的和谐共融。

规划是宏伟的,建设的速度是令人鼓舞的,想象沣河的发展前景,展望沣河明天的灿烂和辉煌,一种无法言语的自豪感油然而生。因为,我是长安人,因为我生长在沣河岸边,因为我也参与了沣河文化的挖掘和研究,并且做着微不足道的工作。

几千年了,沣河以其清澈的水源,滋养着沿岸的人们,以其秀丽的景色成为皇家囿苑和城郊游园,吸引着历代文人墨客吟诗赋词提笔作画,我国最古老的《诗经》为周代诗集,产生于西周中早期,其开篇就诞生在这里。

来到这里,作家、学者将发扬周文化的精神,续写《诗经》,将会把一个新的沣河和一座新型的现代化城市以文学的形式展现给读者。我们期待着、并且相信《沣河的记忆》不久就会在人们的手中流传,像那首传唱了几千年的《蒹葭》一样,受到人们的喜爱。

沣河悠悠,千年流淌……

「 说说师村 」

师村,是我的老家,在长安区的东北部,背靠白鹿原,面朝浐河水,距离西安钟楼约50华里。

师村是一座古老的村庄,村民世代挖窑洞而居。秦汉以前,这里曾是利用白鹿原原始森林烧木炭的地方,至今村子的山坡上、崖坎下还留有烧木炭的小窑洞。这些烧木炭者,在此居住生活了不知多少代,逐渐转为以农桑为主,因而这里又盛产小麦、稻谷、玉米,是一个地道的农业村。

师村最早叫狮村,关于它的来历有三种说法,一说秦汉时期浐河川叫"斯川",因该村地处斯川之中,故以斯村为名。后因"斯""狮"同音,"川""村"近音,就将"斯川"叫成了"狮村"。另一种说法,是师村的地形像一头狮子。第三种说法,是因村中央的崖头上有一尊石狮子,所以村名为"狮村"。《陕西省长安县地名志》(2000年出版)记载:"相传,宋代该村天降陨石一块,其形如狮,得名狮村。清嘉庆《咸宁县志》记为狮村。《咸宁长安两县续志》则记为师村。"今分为师一村、师二村、师三村、赵家顶村四个村。

数千年来,这尊石狮子,伴随诸多姓氏的村民在此居住,繁衍生息,生产、生活。明代时,有周、赵、戴、李、柴、倪六姓村民在此居住。狮村改叫师村是新中国成立以后,据说是汉字简化的原因,狮村的笔画多,那时候村干部多数文化程度不高,嫌麻烦,就改"狮村"为"师村"。

师村现在的村民以周、赵、戴、李为主,还有田、倪、张等姓。师村的历史上,曾有柴、罗、水、鄢等姓的人在此居住，后因战乱灾荒，这几姓人逃亡他乡，再未返回。师村至今仍有"柴家坡""柴家矼""柴家磢""罗家坡""张家沟""水家坡"等地名。

周姓是师村人口较多的一姓，其人口占全村的百分之五十。据传，周姓是明洪武十三年由江南健康县迁来的。还有一说，是元末明初由湖北保康县迁来的。前一种说法可能性大。不管来自何处，有一点可以肯定，师村周姓是从外地迁来的，居村中间。来时兄弟四人，为师村周姓四门之祖，与一河之隔的周家崖是同宗。

周氏人丁兴旺，迁来时只有四户，现在人口达到1400余人。清代，周定邦（人称五老爷）考中武举，周守贵、周守林兄弟中武秀才。近代人才更多，有县处级、厅局级领导，还有作家、书法家和画家。

赵姓相传有两支，一支是明代由蓝田迁来，另一支是从山西大槐树下移民而来，居于村之高坡上，故称赵家顶。戴姓在师村定居较早，相传是五代十国战乱中由湖北郧西县迁来的，初住在蓝田县戴家寨本族那里，后迁至师村，因住在村子一条小沟道里，故称戴家巷子。李姓相传是元末明初由甘肃逃荒而来，居村子半坡，称李家顶。

师村原有明熙寺、金玉宫、戴家无量寺、周家祠堂、赵家菩萨、李家玉皇、柴家关公、倪家龙王等十多座庙宇，其中明喜寺和金玉宫为全村之庙，影响也深远。

第一辑 平淡·从容

明熙寺，原称"洞庙""娘娘婆庙"，建于北宋时期。主要塑像是九天圣母、送子娘娘，其后塑像又有增添。明太祖洪武年间，皇上赐封"明熙寺"，皇封锦匾悬挂在庙中大殿内。农历二月初八为会日。文化大革命时期被毁，1990年重修。

金玉宫，又称玉皇庙，《咸长续志》记载，明代就有金玉宫。主要建筑为窑洞，供奉有玉皇、玉皇老师天大大、大祖师、二祖师、地母、黄龙和青龙塑像，院内柏树林立，院外草木葱茏。

《咸宁志》载："金玉宫在狮村，宫北崖高十余丈，崖下有洞泉二，洞内多矾石，其水如珠，由洞之额循而下之，日夜叮咚，颇类琴音。"当地人称"琴音洞"，也叫"叮叮当当"。当年，有一才子路过此处，为洞泉奇景所吸引，当即赋诗一首：耳畔叮当真好听，疾步近前赏琴声。四下瞧望无琴师，原是洞中滴水声。

乡人云："二洞始见，各有鲤鱼一尾，一色黄如金，一色青如玉。初亦不甚异之，既大旱一日，洞泉忽水罄，愕间风雨聚至，四野沾走，岁大热。自此，每旱洞泉水溢即有雨，村人感之，立庙为祀。"金玉宫以鱼色命洞，一曰"青龙洞"，一曰"黄龙洞"。农历正月初九为会日。人们相传饮洞泉水能治百病，前来进香祈福者络绎不绝。

传说，长安城的皇帝每到白鹿原及终南山打猎，必

带文臣武将及随从至金玉宫休息，除进香外，必饮神泉水解渴。

民国时期，杨虎城将军之母孙一莲久病不愈，其义子赵彦武（赵家顶人）建议到金玉宫求神治病，并用神泉水煎药服用，果见大效。孙一莲因在金玉宫治病灵应，从西安请来石狮、石羊、石鼓等，赠予金玉宫，以表谢意。

明代至今，金玉宫香火不断，期间曾遭兵匪祸害，但屡毁屡建，凡有祈祷，多著灵异。1983年大雨造成塌方，金玉宫建筑和两洞泉均被埋入土内。1993年村民按原庙神像修复成现状，其洞泉被改造为供村民吃水和用水的自来水之源。

第一辑 平淡·从容

[说说钟楼]

人们说西安，必说钟楼。因为，钟楼是西安的中心，是西安的标志。

史料记载，钟楼建于明朝洪武十七年（公元1384年），当时是在广济街口的迎祥观内。万历九年（公元1581年），钟楼迁到现址。也就是说，从那时起至2012年，钟楼就这么站了431年（按钟楼原址算，钟楼应是628年的历史）。严格地讲，虽然地理位置并不是西安城中心，可是在人们的心目中，钟楼就是西安的中心，其原因，不仅是因为钟楼在东西南北四条大街的中心点上，更是因为它是人们心理上的城市中心。400多年来，钟楼沐风栉雨，见证着西安的历史变迁，记录着西安人的奋斗与骄傲，也与西安人一起走向辉煌。

陕西人爱西安，也因钟楼而自豪。陕西快板《夸西

安》有云:"说西安,道西安,西安到处是景观,钟鼓楼中间站,气势雄伟真壮观……"民间有笑谈,一河南人和一陕西人出差,晚上同住一室,闲聊中就说起了自己省会城市的建筑。河南人说:"郑州有个铁塔寺,把天顶得咯吱吱。"陕西人便脱口而出:"西安有个钟鼓楼,半截子还在天里头。"此话虽是戏言,足可以看出钟楼带给陕西人的骄傲和自豪。

上世纪70年代初,我曾在钟楼西北角的西安电信二分局工作,每天早晨睁开眼睛看见的就是钟楼,不少乡下同学都羡慕我是"钟楼下的鸟儿",因为乡下小孩子看一次钟楼确实不是一件容易的事儿。那时候,西安除邮电大楼、报话大楼两座建筑外,钟楼、鼓楼就是西安最高的建筑。

真正走进钟楼,领略它的雄伟壮观,是师傅带我上钟楼检查警报器。那个年代,西安市的高大建筑物,包括东西南北四座城门楼上都装有报警设备。这种报警器的安装和维护任务由西安市电信部门承担,每逢重大节日和重要活动,我们这些电信线路维护人员一定要对所有设备的全部零部件进行仔细检查。那时候,钟楼还没有对外开放,供游人参观,要上去看一下确实不是一件容易的事情。我穿着印有"电信"字样的劳动布工作服,背着线务员使用的全部工具,快步登上了钟楼最顶层,放眼望着四周低矮

第一辑 平淡·从容

的房屋,激动得真想放声大喊。

检查完警报器,师傅带着我在钟楼上转了一圈,指着东南西北大街,向我逐一介绍那些高高低低的建筑物,这时我才发现,站的角度不同,效果也大不相同,好多曾经熟悉的建筑物此时全都陌生了。当然,记忆最深刻的还是钟楼西北角的甜食店。

那年冬天,我和邻居叔叔去兴平市店张驿买粮食,途经钟楼时,夜已经深了,我们又饥又渴,就径直走进唯一亮着灯光的甜食店买了两碗醪糟,把自带的黑面馒头一泡进碗里,醪糟汤即刻就消失了,吃完两碗已经黏糊的黑面馒头,口渴得还是不行,翻了口袋底也找不出一个钢镚儿来,无奈,只好端起碗去接自来水。出了甜食店门,邻居叔叔对我说,前面这楼就是钟楼,我"哦哦"地答应着却没仔细去看,当时确实没有心思看什么钟楼、鼓楼,因为距离我们家还有50多里路,骑自行车要走很长时间。回到家很久了,我忽然后悔那天不该如此对待钟楼,因为看一次钟楼是不容易的,更何况那是我第一次见钟楼。以致后来许多年,钟楼在我记忆里一直是灰灰的、暗暗的、矮矮的。

那年站在雄伟壮观的钟楼上,偌大一座建筑物上只有我和师傅等三个人。也是那时,我忽然发现,人的心情能改变所见事物的原本面貌。想起那个在钟楼下喝醪糟的晚

人生自有来处

上，我的心情是复杂的。

也同样是那年，外地地震波及西安，一夜间西安市大街旁、小巷里到处都是地震棚，我们单位的地震棚就建在钟楼下，我和五个师兄弟在那座小小的塑料棚里住了三个晚上，每天晚上都看着钟楼聊天到睁不开眼睛才休息。那时候的钟楼，就像是我们家的院墙。

因为工作变动，我早已离开城区，每次进城我都要仔细看看钟楼，即使乘车，我也要伸出脑袋看看，看钟楼有无变化，看现在的钟楼和过去的钟楼有什么不同，还试图在钟楼上找出我过去的影子。

歌德曾说，音乐是流动的建筑，建筑是凝固的音乐。对一座城市来说，不同时代的建筑，是城市文明发展的见证，是人们阅读城市历史的哲理诗。钟楼对于西安，正是这样一座见证城市发展，传承历史文明的诗意建筑。

第一辑 平淡·从容

「 说说洋县的朱鹮 」

深秋的早晨,我们乘车去洋县华阳镇。

行进在国画似的景色中,我的眼睛一直注视着窗外。忽然,同车的C先生用胳膊碰了我一下,说:"快看,朱鹮!"

"这里有朱鹮?"

"你看呀!"

汽车停住了,循着C先生手指的方向望去,果然,在不远处的稻田,四只白色的鸟在悠然地踱着步子。

我说:"朱鹮不是关在笼子里嘛。"

C先生说:"早已经有野生和放养的了。"

我曾在洋县朱鹮养殖基地参观过圈养的朱鹮,野生的朱鹮还是第一次见到。出于好奇,很想走近朱鹮,一睹"东方宝石"秀美典雅、端庄大方的体态和芳容,可是没

走出几步,就被一只胆小的朱鹮发现了,"扑棱棱……"一连几声,四只朱鹮很快飞出了我们的视野。

飞起来的朱鹮,伸着长长的脖颈,双脚收拢,一身洁白的羽毛翩若仙子,优雅的体态更让人觉得它就是鸟中的极品,丛林里的精灵。

朱鹮飞走了,大家议论的话题却始终围绕朱着鹮。

朱鹮,长喙、凤冠、赤颊,浑身羽毛白中夹红,颈部披有下垂的长柳叶型羽毛,体长约80厘米左右。平时栖息在高大的乔木上,饥饿时飞到水田、沼泽地和溪流处,捕捉蝗虫、青蛙、小鱼、田螺和泥鳅。

朱鹮是稀世珍禽,我国民间一直都把它看作吉祥的象征,称其为"吉祥鸟"。19世纪以前,朱鹮广泛分布于俄罗斯、中国、日本和朝鲜。我国古代称朱鹮为朱鹭,《汉乐府·朱鹭》中曾写道:"朱鹭,鱼以鸟。鹭何食,食茄。不之食,不以吐,将以问谏者。"可见当时朱鹮是很常见的水鸟。20世纪中叶以来,由于人类社会生产活动对环境的影响,冬水田数量的减少、化肥和农药对环境的污染、森林减少以及人为干扰等原因,使得朱鹮对变化了的环境难以适应,数量急剧减少。

1978年,朱鹮陷入灭绝的境地,日本最后一只野生朱鹮死去,动物园里饲养的六只朱鹮都失去了繁殖能力。1964年,我国在甘肃捕获一只朱鹮以后再没有发现朱鹮的踪迹。为了查明朱鹮在我们国家的生存情况，中国科学院专门成立了一支科学考察队在全国范围内对朱鹮可能存在的地区开展专项调查。考察队用了三年多时间，行程五万多公里，走遍了黑龙江、陕西、甘肃等16个省的260多个朱鹮历史分布点，1981年5月，终于在陕西省发现七只野生朱鹮，从而宣告在我国重新发现朱鹮野生种群的消息，这是世界上仅存的朱鹮野生种群。

洋县地处秦岭南坡，山清水秀，草木葱茏，气候温润和爽，早有朱鹮、熊猫、金丝猴、羚牛等珍稀动物在此栖息。

也是从这年开始，国家先后投资数千万元人民币，在洋县境内建设朱鹮科学养殖基地，采取了一系列有效措施，对朱鹮进行保护和科学研究，经过20多年的艰苦努力，终于把候鸟变成了留鸟，目前朱鹮已经达到2000多只。

1983年中国国务院通令保护朱鹮，国家邮政局于1984年5月15日发行了T94《朱鹮》邮票，一套三枚，分别名为"翔""涉""栖"。"翔"票以纯净的蓝天衬托着鼓起双翼、翱翔在空中的朱鹮；"涉"票画面上是绿意婆娑的背景，一只朱鹮怡然自得地涉足于澄澈的涧水中；"栖"票则以明黄泛金、充满暖意的秋色映现一对朱鹮，一立一卧，栖息在树枝之间，共同营巢孵化育雏，站立着的雄鸟

嘴微微张着,好像正在和卧在巢中孵化小朱鹮的雌鸟呢喃而语。

2000年2月25日,国家邮政局发行的《国家重点保护野生动物(Ⅰ)级》小型张上,10枚中的第一枚是朱鹮。画面上一只朱鹮潇洒地低飞过碧绿的稻田,扇起的翅膀透出淡雅的橙红色,伸着细长前端下弯的嘴喙,一双黄亮的眼睛四下寻觅着水中的鱼虾、田螺、青蛙和泥鳅。

2006年8月8日,《陕西汉中朱鹮国家级自然保护区》邮资信封发行。邮资封主图为两只栖息的朱鹮。

中午,我们在华阳镇一农家乐就餐,这家男主人十分健谈,得知我们是邮政局的员工后,非常热情,说他收藏有朱鹮邮票和汉中朱鹮邮资封,还参加过朱鹮养殖基地门票的发行仪式。他说,洋县是朱鹮的栖息地,朱鹮的养殖研究拉动了洋县经济的发展;朱鹮邮票和朱鹮邮资封的发行提高了朱鹮和洋县的知名度,这些,洋县的人都知道;大家喜欢朱鹮邮票和喜欢朱鹮一样。

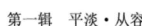

说说紫阳茶

秋天的早晨,我们站在紫阳山坡的茶园里。天空蔚蓝且高远,云团银白,四野很静,微风吹过,带着青草的芳香……

上世纪70年代刚参加工作,单位组织我们在西安北郊草滩农场集训。那一年,全国人民都在开展唱歌比赛。教我们唱歌的老师因事未到,一位叫茶花的女学员说她可以教唱,集训队长让她唱首歌试试,这一试茶花就成了我们的领唱。茶花个子不高,小嘴巴,高鼻梁,大眼睛,扎一对好看的羊角辫,一张瓜子脸上常挂着笑,只是穿的蓝底缀小白花的衣服有些土气,还有她浓重的乡音,几个城里长大的女学员背地里都叫她"碎蛮子"。在渭河边拉石头,我和茶花分在一个组,才知道她是紫阳人。她说紫阳有美丽的汉江、好喝的茶、动听的山歌。

80年代初,我听一位诗人讲诗歌创作。他从医学院毕业后分配到紫阳工作。当乘船沿汉江到达紫阳时,他一下被这座美丽的山城迷住了。那是在夜幕降临的时候,小城的山水、灯光永远定格在了他的记忆中。清澈的汉江、碧绿的茶园、动听的山歌、淳朴的民风、聪明勤劳的人民、清秀可人的紫阳姑娘……这一切不但改变了他对陕南山区的认识,而且改变了他的职业,他放下听诊器,拿起了笔,把这里的山水、人物、风情和对这里的感情凝注在笔端,写进了诗歌里。那时候,我刚开始学习文学创作,总幻想有去紫阳的机会,也沾点儿灵气。

后来,我到了报社,有了到紫阳的机会,但因为时值隆冬又有采访任务,既没看到茶园,也没有听到山歌。但是,从那次开始我知道在上古时紫阳就开始产茶了,西汉时期紫阳出现茶叶贸易,唐朝时紫阳茶被列为贡品,大自然赋予紫阳山水以灵气。也是这次,我在紫阳山上、路边、村口的小摊上,在县城的商店、茶馆里见到了紫阳茶和热情的紫阳人。

那日中午,我们在紫阳城外一家酒店里就餐,喝着紫阳茶,吃着茶叶菜、茶叶饼、茶叶饺子、茶叶小馒头,谈论着紫阳茶,说到高兴处,有人竟唱了起来……不知谁问一位端盘子的姑娘能否唱采茶歌,姑娘腼腆一笑,说:"会一点儿。"于是有人附和道:"那就唱一段,让我们听听。"姑娘说:"你们等一下,我叫他们去。"

姑娘转身出了餐厅,顷刻间领进四女一男五个服务员,他们站成一列,很整齐地向我们鞠了一躬就放声唱了起来,在热烈的掌声中他们连唱三首才停了下来。我记得最清楚的是那首《郎在对门唱山歌》。我没见过采茶姑娘在茶山上唱山歌,猜想采茶姑娘唱歌时就是服务员姑娘这样子。于是问其中一个:"你们采过茶吗?"他们几乎同时回答说:"我们从小就采茶呀。"

不知为什么,我眼前忽然浮现出茶花,那个穿着蓝底缀小白花衣服的紫阳姑娘,还有那个在紫阳工作过的诗人,还有许许多多的紫阳人,是他们和他们的父辈用智慧和勤劳的双手把紫阳建得这样秀丽,把紫阳茶种植得这样令人喜爱。山、水、茶、歌、诗还有情,原来是一个整体,谁也离不开谁。

「 说说新疆美食 」

离开伊犁那天,伊犁邮政公司的一位陕西老乡请我吃饭。

一家门面很大的面馆,菜单上有陕西岐山面,我却点了新疆的拉条子拌面。大大的面碗(应该是盘子)端上来,色与香首先勾起了人的食欲,而入口之后,发现面醒得好、拉得细、有劲道,辣子、葱头、胡萝卜、西红柿也都入了味儿。

陕西人爱吃面众所周知,我这个地道的老陕就更不例外,一直认为面条是陕西人特产和专利。到了新疆才知道,2500年前新疆人就吃面条了。

2011年,新疆鄯善苏贝希墓地出土了一碗粟米面条。一根根面条,粗细均匀,据记载这是新疆地区发现年代最早的一碗面条。这个发现,入选了美国《考古学》杂志,这家杂志称这碗面条保存非常完整,考古学家有望在不久后,将模拟复制这种面条,体验一下古人的饭食。

一碗面条怎么可能保存好几千年呢?当初在杂志上看到这则消息时,我和大家一样好奇。据主持苏贝希遗址发掘工作的新疆文物考古研究所研究员吕恩国介绍,新疆吐鲁番地区降水稀少,气候极为干燥,所以考古遗址中的许多植物及食物遗存往往由于迅速干燥脱水而得到了较好的保存。

实际上,新疆古代的面条有很多种,据汉文文献记载,面条是西域胡食,做法精道。当时,除了面条还有汤饼。汤饼就是面片汤,制作方法和饼相同,用擀面杖将和好的面擀开、擀薄,然后切成宽条状。汤饼可荤食,可素吃,加工时汤里要放肉和胡瓜、黄瓜等蔬菜。我在新疆多

人生自有来处

次吃汤面片、拉条子、爆炒面等,估计古人说的汤饼就是汤面片。

以前,我并不知新疆的面食,到了才知新疆还有如此美味可口、吃了就难忘掉的面食。各式各样的点心、各种各样的馕饼,无论在城市的店铺、街头巷尾,甚或在乡镇的集市的小摊上,都能看得到。

在阿斯塔那墓葬群里,还出土过一块月饼,圆圆的,中间有图案,四周有莲花瓣样的花纹和松针花纹,而且排列整齐,错落有致,看上去很漂亮。据说,这是目前新疆地区唯一发现的月饼。考古专家透过这块月饼,证实了新疆人中秋夜吃月饼的习俗,最晚应在唐朝。

月饼,又称"宫饼""小饼""团圆饼"等。中秋节吃月饼是中国民间传统习俗,历史久远。古往今来,人们一直把月饼视为吉祥、团圆的象征。每逢中秋皓月当空之时,阖家团聚,品尝月饼,谈天说地,尽享天伦之乐。

饺子是中华民族的传统美食之一,没想到生活在新疆地区的古代先民们,很早以前就吃饺子了。新疆的朋友告诉我,说在鄯善三个桥墓地,曾出土过三只饺子,和现在的饺子基本一模一样。考古学家认定是魏晋南北朝时的。后来,吐鲁番一处墓地也出土过饺子,除少数有残缺外,大部分保存得比较完整,这说明在唐代,新疆已经有饺子了。

第一辑 平淡·从容

新疆的美食到底是什么地方来的呢?

新疆的朋友说,考古学家曾在塔克拉玛干沙漠深处的小河墓地发现有颗粒饱满的小麦,原来数千年前,生活在这里的小河人就从事着农业。据专家分析,小河墓地出土的小麦,可能是欧亚西部人群大规模迁徙传播的结果。小河墓地距今4000—3500年左右,是目前新疆境内年代最早的墓葬之一。小麦的发现,说明古代新疆地区最早的时候,就有了农业,当时古代的先民吃粮食作物。

小河如此,和布克赛尔蒙古族自治县和什托洛盖骆驼石遗址的旧石器、巴里坤县石人子乡新石器时代遗址、罗布淖尔孔雀河墓地都出土过麦粒,还有哈密五堡墓地的粟亦如此。这些新疆最早时期粮食作物的发现表明,古代新疆地区的农业的发展是在早期铁器时代后,尤其进入两汉时期,丝绸之路的畅通,商业贸易的繁荣,使者、商客、兵士、戍民的频繁往来,内地先进生产工具、生产技术不断传入,使新疆天山以南地区的经济有了一个质的飞跃。

除了面食,新疆的瓜果更是世界驰名,素有"瓜果之乡"的美称。

吐鲁番的葡萄干含糖量极高,肉质饱满,尤以色泽翠绝独占鳌头。哈密瓜素以香脆甜爽著称,是古代贡品。库尔勒香梨以皮薄肉细、甜酥多汁,果香浓郁、清香爽口而被视为水果之珍品,也是国际市场的畅销货。新疆瓜果香

甜、品质好与新疆干旱气候有直接的关系。新疆日照时间长,太阳辐射强,热量丰富,气温昼夜相差大。这些都是主要原因。

第一辑 平淡·从容

[说说猴票]

上世纪80年代初，我在西安市电话局工作，那时候还没有集邮，更不懂集邮方面的知识。一位中学同学知道我在邮电部门工作，打电话给我，希望我帮他买个四方联猴票。听说话口气，我知道他很着急，随即就联系西安市邮票公司的一位熟人买了。

也是从这一天开始，我知道猴票（又称庚申猴），是原邮电部于1980年（庚申年）2月15日发行的一套生肖邮票，也是中华人民共和国发行的第一张生肖邮票。中国集邮总公司与猴票同时发行一枚首日封。

许多年过去了，猴票价格一路飙升，接连上涨，高到了令人不敢相信的地步。一日，参加一位中学同学儿子的婚礼，恰遇这位买猴票的同学。闲聊中说到了猴票，而且得知我至今手中尚无一枚，同学不假思索就说，送你一

枚,你就有了。我知他说的是心里话,也是放心话,可是我知道那一个方联,好端端撕下一枚必定是要贬值,于是也就婉拒了。

但我想起,几年前有同事曾送给我一枚猴票。

第二天早晨,处理完手头紧要的事情之后,就把办公室的文件柜、写字台翻了个底朝天,找这枚邮票。那时猴票的市场价只有几百元,同事是用一个比邮票大四倍的塑料袋装着,然后又装进一个牛皮纸信封里后才交给我的。我记得当时是夹在一个用过的笔记本里存起来的,可是,一次搬办公室、一次单位搬家,就找不到那个用过了的笔记本了。以后的几天时间一直在想:到底放到什么地方去了呢?胳膊翻累了,脑子想疼了,还是没有找到。

今年初,与几位作家、诗人共进午餐,诗人得知我是邮政公司员工,就给大家讲了个关于猴票的故事。他说,一位老板捐助了几个贫困山区的小学生,其中一学生给老板写了封信表示感谢,老板草草看完信,就要把信掷于废纸篓,这时忽然发现信封上有一枚猴票。具有一定集邮知识的老板一下惊呆了,急忙掏出老花镜察看,当他认定这枚贴在一封普通信封上的邮票确是价值昂贵的猴票时,不禁长叹了一口气:咋能这么傻呢!万幸,这信封在传递过程中竟没有被人撕掉。没过多久,这位老板因生意上的事情出差,那位学生的家就在同一方向上。老板买了许多孩

第一辑 平淡·从容

子用的学习用具,又买了些老人喜欢吃的食品,中途改道直奔那学生家。这位学生住在大山深处,不通汽车,老板走了大约20里的崎岖山路,终于在一个小山坳里找到了。这位学生家的贫困自然不用细说,可是学生的父母非常热情,拿出家里存放了很久的包谷酒和最好的腊肉招待远方来客。酒过三巡,老板就说到了邮票,问为什么要用猴票寄信?家中还有没有邮票?学生的父亲告诉老板说,那年进县城买东西,看见邮电局门口排长队,还以为是卖什么便宜货呢,也就跟着排队了。排到跟前,才知道是卖邮票,买吧,没什么用,不买吧,浪费了这么多时间,心想一枚邮票不就八分钱嘛,并不是很贵,于是就买了一整版。老板问,那后来呢?学生的父亲说,都是些猴子,放在一堆儿,花里胡哨的很好看,就装到镜框里挂在墙上了。老板问,现在还有多少?孩子父亲说,给你写信用了一张,其余都在。老板说,快拿给我看。孩子的父亲转身进了小屋,拿出一个被烟熏的分辨不出什么颜色的镜子。老板盯着一版不完整的第一轮生肖猴版票,看了很久,然后抬起头对孩子的父亲说,你孩子上学的费用不愁了,上大学、上研究生不用愁了,你家盖房子也不用愁了,可以盖两层、三层楼房……

故事讲完了,大家都笑了。

这个故事是真是假,我不知道,也无法考证。但是,

我知道猴票，包括所有邮票都有故事，而且演绎着和正在演绎着许多个感人、动人的故事。

后来，我找到我的那枚猴票，它还好好地夹在旧笔记本里。笔记本搬家时装在一个纸箱里，纸箱放在墙角没来得及整理。

第二辑　生活・修行

第二辑 生活·修行

「"人"字结构说 」

人是什么？人是高级动物。人和动物的根本区别在"高级"二字上，因为人有思维，人有思想，人有道德规范，人有行为准则，动物则没有这些。

什么是人？答案很多，最原始、最简单的解释是"人"字结构说。说到这种解释，首先要感谢文字的创造者仓颉老先生，因他的聪明和伟大使后来人对"人"字的各种解释都充满了道理。"人"字由两个笔画组成，这一撇若代表男性，这一捺肯定代表女性，男人的一半是女人，女人的一半是男人，两性结合便组成人，同时也具备了生产人的条件。大概因为此，所以人们常说世界上只有两个人，一为男，一为女，从古到今都讲一个故事：男人和女人的故事，而且百讲不厌，百听不烦。还有一种解释这样说，一人站都站不直，更不要说顶天立地，没有帮手

人生自有来处

是不行的,用社会上通俗的说法,即是每个成功的男人背后必定有一个聪明、贤惠、善良、能干的女人,这种典型之例随处可见。第三种解释就更多、更普遍了,"一个篱笆三个桩,一个好汉三个帮",我以为这"一个"虽然是主体,但无论如何也离不开"三个"辅助者,这"一个"若为"撇",这"三个"即为"捺"。仔细想,认真看,这个世界从古到今,还真没有一个好汉是只凭自己的一副好脑瓜、一身好武艺就能成就大事业的。秦皇汉武、唐宗宋祖不例外,凡夫俗子、植桑种田者也同样离不开他人的帮助。春耕夏锄、春种秋收,一个人能完成么?悠悠岁月,滚滚红尘,大事小情,置身其中,谁离开了谁不行,仔细琢磨,谁又能离开了谁呢?人与人之间总有着许许多多理不清扯不断的千丝万缕的联系。

当然,人不管如何简单怎样复杂,也是可以区别的。按性别分,有男有女。按肤色分有黄色、白色、黑色、棕色,还有其他颜色。按形体分,有高有矮、有胖有瘦、有大有小。按长相分,有美有丑。按性质分,有好人、有坏人。按职务分,有领导、有群众。按所从事的工作分,有工人、有农民、有军人、有教师、有医生……要分还可以分出许多,但是写出来就没有什么意思了,因为这些大家都知道。

麻烦的是哲学家,非要把人的概念抽象化,给人下

第二辑 生活·修行

了一个"是一切社会关系的总和"的定义,从字面上我认为自己早都看懂了,可是对其深刻的含义至今尚未理解透彻,这几年更不愿去深悟细究,说起"人"来依然喜欢一撇一捺两个笔画的概念,这样既觉得简单也感到轻松。人从生下来到匆匆离去,在这个世界也不过就是那么几十年的时间,如果活得很累、很麻烦那就太没意思,简单最好。我猜仓颉一定也是这么想的,不然他绝不会用现从个笔画就把那么大个"人"字完成了。

愿望总是美好的,只是愿望归愿望,现实归现实,经历了时间考验、岁月煎熬的人,最大的体会是人难为,身为人在世间走上一走,什么酸甜苦辣都尝够了,临了总结出同样的一句话:"人字只两画,可是这一撇一捺真是不好写哟!"

「 说一些景象 」

网·鸟儿

网对小鸟说:"漂亮的鸟儿小姐,跟我走吧,我有优雅的环境,保证你永远过舒心的日子。"小鸟说:"谢谢您,网先生,我不需要优雅的环境,我喜欢蓝天白云,我喜欢森林草原,我喜欢花草树木,我喜欢自由自在的生活。"

网说:"我有空调,我有暖气,我有很大很大的电视,我还有钢琴……"

小鸟说:"对不起,网先生,我讨厌笼子里的生活。"

网生气了,再也不理小鸟了。

小鸟却犯了难。小鸟担心,担心有一天不小心会撞进网里,因为网至今还未在地球上绝迹。

第二辑 生活·修行

燕子·巢

冬天来了,燕子去了南方,留下巢在北方陪伴风雪,环境虽然恶劣,巢的心里却很踏实,因为它认定燕子迟早是要回来的。

小溪解冻了,柳树的枝头吐出了鹅黄的芽儿,燕子没有回来。田野铺上了绿色绒毯,桃树杏树上已经挂满了果子,燕子没有回来。一直到了秋天收庄稼的季节,依然看不见燕子的影子。树枝劝巢道:"傻大哥,不要太痴情了,过自己的生活吧!"

巢不听。它不相信燕子会背叛它,更不相信燕子会抛弃它的传言,它要等燕子回来。

人生自有来处

苍蝇·蜜蜂

蜜蜂发现苍蝇总是趁机在油菜花面前卖弄风骚,而油菜花竟然没有任何防备,蜜蜂心里很不是滋味儿。开始,它认为是油菜花单纯幼稚,时间长了,它才感觉到问题的严重性。它担心油菜花会上苍蝇的当,又仇恨苍蝇的丑恶和贪婪,但是,它没有对付苍蝇的良策,于是整日里嘤嘤嗡嗡地念叨着,一直盘旋在油菜花的上空。

乌鸦·麻雀

森林里忽然发生了火灾,乌鸦展开翅膀飞到很远的地方睡懒觉去了,麻雀却挣扎着冲出浓浓烟雾飞到小河边去找水。

麻雀用自己瘦弱的翅膀汲上水,然后奋力飞回森林,再把翅膀所汲的点滴之水洒向火中,就这样,它一直忙碌着。乌鸦发现了,指着麻雀哇哇叫着喊它傻。

麻雀没有回头,也没有停歇,它要用自己微薄的力量和虔诚的行动抢救它曾栖息过的树木,回报森林曾给予它的爱。

青蛙·蝎子

一只蝎子要到河对岸去。河水很大,蝎子不识水性,便去找青蛙帮忙。

　　蝎子对青蛙说:"青蛙大哥,麻烦您送我过河去吧!"

　　青蛙看也没看蝎子,坚定地摇了摇头。

　　蝎子又哀告道:"青蛙大哥,您就帮帮我吧,我妈妈在河对岸,快要死了,再晚恐怕就见不上了。"

　　青蛙犹豫了。

　　蝎子这一招挺灵,它知道青蛙心肠软,于是努力挤出了几滴眼泪。

　　青蛙望着蝎子,沉思了一会儿说:"我送你过河可以,可是你要是用毒针刺我怎么办?"

　　蝎子说:"那哪能呢,您帮我这么大的忙,我怎么会呢?"

　　青蛙问:"你能保证吗?"

　　蝎子说:"你不相信我可以,但是你知道我是不会游泳的,我如果刺了你,没有你背我过河,我不是也要被水淹死了吗?"

　　青蛙觉得蝎子说的有理,就背起蝎子下了河。

　　快到河对岸时,青蛙猛然觉得背部一阵剧痛,他知道是蝎子食言下了毒手,边挣扎着边扬起脑袋质问蝎子:"你还记得你过河前说的话吗?"

　　蝎子似乎意识到了自己的罪恶,可是它也觉得挺委屈,就对青蛙说道:"我真的不想刺你,可是不知道为什

么就刺了你，真是对不起啊……"

蝎子话还没说完，一个巨浪打了过来。青蛙被蝎子的毒针刺死了，蝎子也因不识水性而被巨浪吞没了。

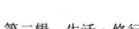

第二辑 生活·修行

[说明白]

年近60，忽然对世事有了许多新看法，心境变得淡泊，胸襟较以前开阔，渐渐地有了轻松的感觉。

记得22岁那年，师傅给我介绍了一位女朋友，姑娘在省委招待所做服务员，文化程度仅是小学五年级，模样却长得十分漂亮。见面的第三天，就有确切消息传来，那姑娘说我是"癞蛤蟆想吃天鹅肉"，气得我当时差点儿晕了过去，我提起笔，一周内连发七封信，直到有人告诉我，那姑娘看见信就心颤手抖直掉眼泪方才鸣金收兵。如今，想起这件事，便觉自己肚量太小。不就是说自己是只癞蛤蟆吗？用得着发那么大的火？

我曾有个非常要好的朋友，两个人同一天当线务员，同一间宿舍待了整整八年。可是八年后的一天，他忽然对我冷漠得令人难以接受，竟连他父亲去世的消息也不

人生自有来处

愿意告诉我。我一赌气，只身一人骑自行车70余里，连夜赶到他们家，搞得他连赔不是。自这件事后，我却再也不愿搭理他。现在我懂了，朋友间永恒的友谊只是相对而言，再好的朋友也会随着环境、时间的推移而变化。在人生的道路上，每一段路都有一段路的同行者，与旧朋友挥手告别，又与新朋友握手相聚，聚散终有时，又何必去强求呢？

我在兄弟中为老大，出生后一个月便被送到乡下，五年后才回到父母身边，因而父子情、母子情总略显淡薄。为此，父母经常生气，我也苦恼不堪。那时候，我常常想，父母有四子，为什么偏要把长子送到乡下吃苦受罪？太不公平。后来我建立了小家庭，膝下有娇子后，纷繁的社会、紧张的工作、琐碎的家务……渐渐使我理解了父母，原来他们也有难处啊！

回忆过去几十年的光景，我想，首先我应该感谢生活。因为生活使人懂得，什么是真情和假意，什么是成功和失败，什么是骄傲和谦虚，什么是幸福和痛苦……其次，也要感谢时间，因为时间告诉人们，生活不仅有甜蜜，还有苦涩。

自己明白得是晚了些。不过，我不觉得后悔，因为那不明白时所发生的一切，也都记录着活的真实，没有过去的不明白就不会有今天的明白了。

第二辑 生活·修行

「 说真诚 」

　　小时候，祖父经常教育我待人要真诚。那时，我虽不谙世事，但总是把他老人家的话牢记在心，不敢有半点儿含糊，因为惧怕他那一张生气时铁青的脸和结满硬茧的巴掌。祖父也有和颜悦色的时候，每到此时，他就会给我讲许多道理，其中有两句我记得最清楚，一句是"将心比心"，另一句叫"以心换心"。起初，我只肤浅地以为待人真诚是因为与己也有益，后来才终于悟出了一些更深的道理，以致我始终都没有忘记过这两句话，步入社会，与同事、朋友相处，虽然社会有诸多复杂，人也心态脾性各异，我得到的却多是满足。仔细分析，我一直认为自己奉行了"待人须真诚"这一准则。有一件事曾强烈地震动了我，好久，我的心也一度平静不下来。

　　我的朋友大刘，是汽车司机。一次出车途中，意外

人生自有来处

地发现马路旁横躺着一位伤者,当时,肇事者早已逃之夭夭。过往车辆如流,却都只是送一眼同情便匆匆离去,大刘见状未加思索,抱起伤者往驾驶室一放,就直奔医院,并一直陪护伤者做完了手术。伤者得救了,却一口咬定是大刘撞伤了他,原因自是不言而喻,伤者的亲属也义愤填膺,一个个紧握着拳头、怒睁着双眼,欲和大刘拼命。大刘本来就不善言辞,此时更是有口难辩。辩不清,就只能认"账",付了医药费,营养费,还要经常提着东西到伤者家中探望。我憎恨那个没有良心、缺少人性的伤者,很是同情我朋友的遭遇,大刘只是憨憨地笑,他说:"至少救活了一个人!"

今年春节,大家在一起聚会,大刘也在,闲聊中,不知谁又提到了"真诚"问题,大家笑问大刘有何感想,大刘话没出口,脖子根儿、耳朵早已憋红,他告诉大家,那位伤者的儿子和女儿春节前夕来他家了,带了许多东西,我们问他为何,他不说,要我们猜。

"给你平反来了?"

大刘点了点头,又摇了摇头。大家被他搞糊涂了,也跟着摇头。他见状,再不好意思绕弯子了,便说:"他们心里承认了,可是嘴上没说。"

"那还不是为钱?不行!你得和他们说明白。"

大家的意见是一致的。大刘却不这么想,他要证明一

第二辑 生活·修行

下真诚是不是可以换取真诚。

真诚,真诚到底是什么?有人从口袋里掏出一张报纸,给大家念了其中一段:

真诚是发自内心的崇高感情,是对生命的热爱和对美好生活的追求。真诚是相互理解和支持,是豁达大度,是容忍和淡泊,是一种无怨的付出。

……

我记不住这些了,也从没想过记它,因为祖父留给我的那两句话已经占据了这个位置,而且已经够我受用一辈子了。

[说生气]

朋友南极聪明,自比三国周郎,其度量、心胸也似周郎。一日,南应邀参加一个会议,工作人员发材料时,碰巧到他跟前空了手,说来没大意思,不就是两份铅印的讲话稿么?南却生气非常,涨红了脖子瞪圆了眼,血压也高了许多,差点儿掏出大红请柬质问工作人员,为何对来宾不能以礼相待,一视同仁,结果最后弄得没心思听会,吃饭也没了胃口……

我劝南,莫要为此生气,若天天如此,岂不是每天都有生不完的气?为区区小事生气伤身也太不合算。南点头称是,却怒气不消。

这日晚饭后,正看电视,妻拿出当日晚报,一脸严肃地问我:"你这篇文章写的是谁?"

我答:"是位你不认识的姑娘。"

妻又问:"她在哪里上班?"我答:"一家歌舞厅。"妻追问:"哪家歌舞厅?"

我抬头看妻,见她怒目灿灿,与往日判若两人,方才意识到问题的严重,于是反问道:"你问这干啥?"

妻道:"人家都说你这篇文章有问题。"

听此言,我也上了火:"人家?人家是谁?有啥问题?"

妻道:"你不要问,我问你对这姑娘怎么这样了解?你们是怎么认识的?多长时间了?"

这时,我才恍然大悟,原来妻和别人一样怀疑我与那文中的女主人公有什么说不清楚的关系。

为了减少不必要的麻烦,我耐着性子对妻讲述了认识那位姑娘的经过,妻的脸上终于云开雾散,我却半夜未能合眼。

第二天与南相遇，便诉说了昨日之事，南放声朗笑："你不是胸中能容天下难容之事吗？怎么也会生气？"接着又讲了许多劝我不要生气的话，记得这些话全是过去我讲给他的。

此时，已是中午，我们俩走进附近一家饭馆，点了四个菜，要了半斤酒。两个凉菜和酒一眨眼就上了桌，可是凉菜吃光酒喝净后许久仍不见热菜上桌，我俩轮流换服务小姐催问，回答全是"马上就来"。

"马上"，"马上"是多长时间？走吧，钱已付腹中仍需填充物，等吧，上班时间已到。我与南相视一笑，同时说出了一句话"莫要生气"。

人在旅途，世事沧桑，要处的人很多，要处理的事情很多，顺利不顺利，高兴不高兴都会同时存在。劝君切记，心平气和，莫生气。

第二辑 生活·修行

[说放下]

我的祖父是一位普通的农民,他终生劳累,和土坷垃打了一辈子交道,没有给他的子孙们留下任何财产,可是,他说过的一些极富哲理的话我却铭刻在心,成为我永远的财富。

刚懂事时,邻居院里种了两棵苹果树,苹果树根深叶茂,十分好看,秋天硕果累累更是诱人。每到收获季节,小朋友们总是抵不住诱惑地往这家院里跑,这家人虽然大方,但不能每天都摘苹果给孩子们吃。这些小家伙中有年龄大、胆大的便打了歪主意。有一天,两个力气大的跑到崖上去扔石头打苹果,其余几个跑得快的到树下去拾苹果,等主人从屋子里赶出来时,他们早已跑得没了踪影。我没有打也没有拾苹果,但因为给他们放风得了一个大红苹果。祖父知道了,翘起胡子黑了脸,拉着我到了苹果主

人生自有乐处

人家,非让我当面把那苹果还给人家。主人家爷爷说,孩子们小不懂事,既然已经把苹果打下来了就拿去吃吧,以后不要这样做就行了。祖父说什么也不肯,非要我把苹果放下,而且向主人家爷爷保证不再干这种坏事。我很委屈,因为我没有打苹果,况且主人家爷爷已经原谅了我。祖父说,不管怎么说,那是人家的东西,人家的东西就是人家的,不是咱们的,就不能拿!

上小学二年级的时候,我和祖父去姑姑家走亲戚,我发现姑姑家桌子上放着一套《三国演义》连环画,顿时爱不释手,竟不自觉地把两本最喜欢的悄悄装进了自己的口袋,一回到家就关了屋门,一个人偷偷地在炕上看。正看得热闹,祖父在外面拍门了,原来姑姑家比我大两岁的哥哥赶来了,那《三国演义》连环画是他借同学的,明天早晨就要还人家。我开始说我没拿,后来又说等看完了再还人家,祖父急了,"啪"就是一耳光,我只觉眼冒金星就倒在了地上,那个小哥哥也吓傻了,抓起小人书扭头就跑。书被拿走了,我也因此而受了伤,可是祖父的气还未消,他不但不让我吃晚饭,而且要我站在屋中央不能动。祖母说,算了,不就是两本娃娃书嘛,打也打了,骂也骂了,不给吃饭,还要罚站,还有完没完?祖父说,就是要他记住,别人的东西就是不能拿!

这些事情已经过去几十年了,我那一直不苟言笑对子

第二辑 生活·修行

孙严格要求的老祖父也离开我多年了，可是一想起祖父就想起了这些往事，一忆起这些往事我就想起了我的祖父。

一天夜里我做了一个很长的梦，梦见我走在一片绿色的草地上，忽然发现前方有一丛很鲜艳的花，我拼命地走，想采一朵来，累得满头大汗，气喘吁吁，可是怎么也走不到花跟前。眼看着太阳就要落山了，天渐渐变暗了，我拼命地喊拼命地跑，嗓子喊哑了，腿也摔破了，可是还是没有摘到那朵花，我伤心地趴在地上号啕大哭。

梦醒了，我发现我眼角的泪还在流，伸手摸腿，才找到了跑不动的原因，原来我的两条腿都没有伸直。睡不着觉就又想起了祖父说的那句话："别人的东西就是不能拿！"我想，那花不是我的，我不应该去摘，同时又想，或许那花应该属于我，是因为我的腿没有伸直而失去了一个很好的机会。想着，想着，太阳就出来了，太阳出来了，一切就又都成了过去。

早晨开会到得早，听一位同事正在给几个到得更早的人讲故事。故事的前一半未听到，后面的我却听得很清楚，意思是两个想不通的人到一座庙里去进香，忽然听见一老和尚喊"放下"！两个想不通的人还在发怔，老和尚却说话了："二位施主请不要介意，我在喊我的狗呢。"原来老和尚养了一只聪明伶俐的小狗，取名"放下"。说话间那"放下"果然跑到了主人跟前，两个想不通的人问

老和尚为什么要给狗取名"放下",老和尚说,他给狗取这名就是为了让自己记住,在任何时候、任何情况下应该放下的时候一定要放下。所以,每当他很累需要休息的时候,他都要喊"放下",因为他累的时候,狗也就累了,他该吃饭的时候,狗也就该进食了。听了老和尚的话,两个想不通的人中的一位忽然低下头,深深地向老和尚鞠了三个躬,而另一位还在发呆。

故事听完了,我又想起了祖父,祖父要求我"不要拿别人的东西"不就是要求我"放下"吗?仔细想,这世间有诸多的纷繁复杂,一个人要平和安乐地走完自己的一生,他需要放下的不仅仅是不属于自己不该拿、不该爱的东西,还要放下许许多多思想负担和压在心头的东西。仔细想想,不是吗?

第二辑 生活·修行

「 说岔路 」

一生走过多少路，谁也记不清楚。可是我有几次走岔路的经历却至今难忘。

第一次是我12岁的那年冬天，为了给祖父看病，我只好步行到距家30多里的县城找父亲。天麻麻亮我就出发了，目的是赶天黑前返回来。吃午饭时我赶到县城，父亲工作忙请不了假，让我在他单位吃了饭，给了我50元钱，我没敢停留就往回赶，刚出门天空就飘起了雪花，不大工夫，村庄、田野就白了。爬上塬后在一个岔路口忽然就辨不清了东西南北，走时祖父告诉我，路就在鼻子底下，怎样问路我还是知道的，可是等了很长时间就是不见人的影子。我一边流眼泪，一边向最近的村庄走去，这村庄看着近，可是走了很长时间就是不到。好不容易走到村口，却发现不是我来时经过的村庄，我明白是自己把方向弄错

了,急忙返身往回走去。这一次我是走对了,可是一来一去用了一个多小时。

回到家,已是掌灯时分,祖母在院门外的皂角树下站着,整个儿成了一个雪人。她说祖父的病更重了,等着钱往公社卫生院送呢……

另一次,是去榆林。当时西安到延安正在修路,我们只好绕咸阳、经长武、进甘肃庆阳,再奔榆林的定边县,因路况不熟,在通往定边的岔路口没有拐弯,径直向宁夏的银川市而去。大约走了100多里地才怀疑走错了路,急忙停车问路边一家店主,果然是该拐弯的时候没有拐弯,错就错在岔路处。按说退回100多里路,对一辆越野车来说不是什么问题,谁知没走多远一只车胎爆了,换了轮胎后刹车又出了问题,天黑时好不容易修好了,偏偏一只远光灯又坏了。没奈何,只好跟着另外一辆车往前走,这样走走停停,停停走走,一直到凌晨时分才到了定边县城。这一路上,大家都阴沉着脸,时不时抱怨着那个岔路口。

最近一次,是去机场接人,第一次走新开的绕城高速公路,在往机场和另外一个方向的岔路口看错了路标,这一下怎么也拐不回来了,没有办法,只好沿着绕城高速整整跑了一圈,结果让客人在机场出口等了20分钟。在交费处交费时,收费小姐笑着告诉我们,走错路的不止我们一个,这些天,不少人都和我们犯了同样的错误。她又说:

"这条路是一个圆,最终是能回来的,错是错不了,只是多走一些路罢了。"

这女孩子的话说对了一半,另一半我没有认同。去县城我是返回了,去机场我也返回了,去榆林定边也到达目的地了,可是,中间走了那么多弯路,浪费了那么多时间,造成那么多损失,这些都该作何解释呢?

细想,这些岔路只不过是走错了路,损失也就那么多,如果是人生的路呢,如果在人生之路的岔路口走错路呢?如果在人生的关键路口走错路呢?

可是,作为一个人,在一生中不可能不走路,不可能不面临岔路上的选择,谁又能保证自己不选错方向呢?我想,不选错方向自然是好事,关键问题是选错了方向还不知道纠正,那才叫危险和可怕呢!

「 说失败 」

或许你曾有过爱情的失意,或许有过事业的惨败,或许你还会经历其他的坎坷与挫折,不必气馁,人生在世,谁没有失意的时候,谁又没有品尝过失败的滋味呢?

没有人喜欢失败,失败的滋味的确不好受。不过在失败面前,人与人的表现大不一样,面对失败,有人垂头丧气,一蹶不振;有人心如刀割,仍一脸灿烂;也有人痛定思痛,准备着东山再起,从头再来。

失败不是过错,不是平庸,也不是无能。"失败是成功之母!"经历过一次次失败的人,往往可能为自己、为别人蹚出一条通往成功的康庄大道。所以,我们应该向失败致敬!

从自我角度来讲,向失败致敬,实际上就是理性的我

第二辑 生活·修行

与现实的我的对话与斗争。它是一种自省与自查，是一种认真的自我审视，是一种无情的自我解剖，通过"吾日三省吾身"，清醒地认识自我，理智地把握自我。

向失败致敬，是一种自控与自纠，是一种自我否定与自我遗弃，是一种自我约束和自我规范，是向自身缺陷挑战，是朝自身问题开火。

向失败致敬，也是一种自励与自强，是强迫自己不要停下前进的脚步，不要闭上追寻的眼睛；是逼自己不要安于现状，努力攀登，不要甘于平庸，要上下求索。

作为自我的个体而言，我们每经受一次挫折，对生活的理解就会加深一层；每失败一次，对人生的感悟就增添一分；每经历一次不幸，对世界的认识就成熟一些；每遭遇一次磨难，对成功的内涵就透彻一遍。从这个意义上

说，要想获得成功和幸福，要想过得快乐与欢欣，就要向失败致敬！

从自我个体与其他社会个体的角度来讲，向失败致敬，是对奋斗者的肯定和勉励，是对对手人格的平视与尊敬。

从人与自然的角度来谈，向失败致敬，是承认我们人类力量的优先存在，是对"人定胜天"这一狂热的清醒回拨。当然，确立否定性的主体只是为了建构人类的否定性意识，并非要简单地否定我们人类本身。

向失败致敬，更是要让我们敬畏自然，遵从自然法则，常存感恩之心，并要理性地比照和厘清人与自然的关系，以使我们人类永远可持续地生存和发展，以期达到与自然的和谐，得到我们得以宁静的永恒和在无限中栖息的生存期待！

从人与人的思想存在来谈，我们一般认为文字是对语言的记录，而语言源于思维，思维则源自存在。其实，仔细探究"向失败致敬"这个命题，它在现在语境则更多地隐含着多元化的思维模式，是对异质性存在和否定性命题的宽容和吸纳，是从多元化和否定性的命题中找寻自我追寻目标的位置和意义！

因此人们试图从以前以"偶然性"和"先验性"所窥

第二辑 生活·修行

视的世界而得到的一元化的完整性中出发,不再试图完全地触摸和占有"真理",也不再走向一个太阳,而是走向无限广阔的星空!

「 说知足常乐 」

人们常讲"知足常乐",但是做起来却很难,不是人们不想常乐,而是人们难以做到知足。不知足就不能常乐,知足与常乐是紧密联系不能分割的。

在知足和不知足之间,人们多数倾向于知足。因为,知足会让人们心地坦然,无所求,无所需,就不会有太多的思想负荷。在知足的心态下,一切都会复归合理、正常,人们还能有什么不切合实际的欲望和要求呢?

生活中,你就是永不停息、永无止境地去追求索取,也不会有满足的时候,相反,它会给你带来无尽的忧虑和烦恼,在很多时候,我们之所以感觉不幸福,不快乐,多半是由于我们不知足。不知足是一种原始的心理需求,而知足则是一种理性思维后的达观与开脱。

所以,知足是一种境界,一种品质,一种美。知足的

第二辑 生活·修行

人总是微笑着面对生活，在知足的人眼里，世界上永远没有解决不了的问题，没有跨不过去的坎儿，他们会为自己寻找合适的台阶，而不会庸人自扰。

要学会知足。

学会知足，人们就能用一种超然的心对待眼前的一切，不以物喜，不以己悲，不做世间功利的奴隶，也不为凡尘中各种搅扰、牵累、烦恼所左右，使自己的人生不断得以升华。

学会知足，我们才能在当今社会愈演愈烈的物欲和令人眼花缭乱、目迷神惑的世相百态面前神凝气静，做到坚守自己的精神家园，执着追求自己的人生目标。

学会知足，可以使生活多一些光亮，多一份感觉，不必为过去的得失而后悔，也不为现在的失意而烦恼，摆脱虚荣，宠辱不惊，看山心定，看水心宽，看云心静，看星心明。

　　知足的人，是快乐的人，是聪明的人，是明智的人，是人中之高人。

第二辑 生活·修行

[说文学]

有这样一句话：作家，也是修行者，先修心，再修行，才具备以文字代言的资格。柳青，无疑就是这样一位善于修行的作家。从他1936年加入中国共产党，从事革命活动算起，直到最后成为著名作家，我想，这之中，一定有一种力量在推动他，有一种情感在打动他，有一种沃土在滋养他，使他修成《创业史》的"正果"，并且名垂青史。

这种力量，使柳青在漫漫修行路上，为文字行走了一生。那究竟是一种什么样的力量？答案就在他的脚步里。

柳青把文学当作一种为人民服务的事业，主张"要想写作，就先生活。要想塑造英雄人物，就先塑造自己。"为实现这一主张，1952年，他放弃了北京优越的生活工作环境，拖着有病的身躯，拖家带口落户长安农村，把一座

破庙修整为住所，一住14年直到1966年。他把自己的艺术之根深深根植于人民群众的土壤中。他以真诚的态度热爱人民、热爱生活，与人民群众打成一片，创作出见证那个时代的长篇小说《创业史》。就是因为他这种为人民而创作的使命意识，他的《创业史》才乡土气息深厚，形象逼真感人，细节真实生动，有极强的生命力。

正因为柳青把文学当作一种为人民服务的事业来完成，所以他至死不渝地为之奋斗终生。柳青提出"文学事业，是一种终生的事业，要勤勤恳恳搞一辈子，不能见异思迁"。也正是这种理念和信仰支撑着他完成了他的史诗巨著——《创业史》的创作。

柳青和他的《创业史》对当代文学的整体发展有着深远的影响，对陕西文学的发展更是影响深刻。柳青作为陕西作家的教父和导师，被一代一代的陕西作家不断地尊崇着、学习着。在陕西新时期作家中，路遥和陈忠实是受柳青影响最全面、最深入的作家，他们反对作家一味躲在自己生活的小天地里喃喃自语，要关注人民大众的痛苦与欢乐、成功与失败、矛盾与冲突、前途与命运等等。路遥和陈忠实长期生活在农村，以真诚的态度书写着自己挚爱的农民。他们像柳青一样，不断反思前进，超越自我。路遥写出了《人生》《平凡的世界》。陈忠实沉潜乡间，忍受孤独寂寞，创作出了《白鹿原》，最终完成了自我超越。

他们是新时期作家的典型和榜样。

柳青用他的实践和精神告诉后来者：生活是艺术的源泉，作家一定要广泛深入生活；文学是一种事业，作家一定要具有强烈的使命意识和献身精神；文学切忌浮躁，只有沉潜下心，才能创作出经典的作品；作家对写作的对象要充满感情，只有对写作对象充满感情，写出的对象才注入了作家的灵魂，才会有生命力，才能长久。

文学，是一种事业，柳青精神永存！

「 说诗歌 」

长安自古诗歌地,陕西是汉语诗歌的故乡。一说到长安和陕西,人们自然就会遥想到唐代的李白、杜甫、白居易。当下,我们陕西有一批杰出的诗人,有一个强大的群体,也出了一批优秀的诗歌作品。

我从小就喜欢唐诗宋词,也模仿着写过一些古体诗,后来转向新诗,更是写了一些散文诗,先后出版了《多情的季节》《孤旅独语》《封缄的记忆》《诗语》4部诗集,著名散文诗诗人柯蓝、著名文化学者肖云儒、著名诗人朱文杰老师等都给我的诗集写过序,对我的诗作给予了一定评价,我很受鼓舞,心存感激。

近些年写诗不多,却一直关注着诗歌的发展,经常翻看一些报纸杂志上刊登的诗歌。遗憾的是很难读到自己喜欢的,有些诗读不懂,有些过于直白,有些就是散文的分行断句。这些诗也不像古诗那样押韵、朗朗上口。诗歌到底是什么？写诗的目的到底是什么？诗人到底想干什么？我真搞不懂。常听有人说：神经得和诗人一样！这种说法，不排除有些人对诗人和诗歌的偏见。但是，每位写诗的人是否应该借以反思呢？前不久，听朋友说广东著名历史文化古城韶关搞了一个"埋葬诗歌"的活动，且不说这个活动正确与错误，有一点应该肯定，那就是反映了一部分人（包括诗人）对诗歌现状的不满。

首先我以为，当代诗歌应该学习和继承优秀的古体诗，古体诗有那么多经典作品，千年流传而不衰，一直为广大群众所喜欢，说明什么呢？好！好的东西，我们就应该虚心学、认真学、扎扎实实地学。在传承与发扬中，滋养、丰富、壮美现代诗歌的发展。

其次,是当代诗歌要创新,要适应时代发展的需要。

新时期以来,诗歌蓬勃发展,特别是近些年,写诗的人越来越多,出的诗集有多少,估计谁也说不清。在飞速发展的现代社会,人们心花怒放,欲念四起,许多人都在为物质奔忙,可依然有这么多的诗人(包括诗歌爱好者)在闷着头写诗,其精神也确实令人感动。可是又有多少诗,真正赢得了读者的青睐呢?究其原因,关键是满足不了时代发展的需要,情感与思想滞留在时代的浅层皮毛。社会在发展,历史在前进,科技在进步,我认为诗歌必须创新,以适应这个社会的快速发展。作为诗人,就一定要关心、关注社会,把自己放置在社会之中,通过学习、实践跟上时代发展的步伐,始终把自己和时代融为一体,为这个时代举旗、把脉。

第三,诗人要有生活,诗人一定要深入生活,而且对生活要有自己独到的理解和认识。"诗者,志之所在也,在心为志,发言为诗"。诗是语言的精华,诗是智慧的结晶,诗是心灵的相约,诗是生活的提炼……诗,应是社会喉管里发出的最强音。

诗歌,一定要扎根于民众,扎根于现代汉语,要注意诗歌的经典化问题。诗歌一定要说人民的话,说发自内心的真话,有啥说啥,不要无病呻吟,不要装腔作势;写诗歌要先打动自己,只有打动自己才有可能打动别人,最终应该是打动别人,凡撼动不了心灵之树的诗歌,绝对不是好诗歌;诗歌要有真挚的感情深度和热度,只有滚烫的心才能写出滚烫的诗。

最后,当代诗也要注意语言问题。诗歌与散文、小说不同的就是语言的精粹,诗歌要有美丽灿烂的语言,诗歌语言一定要经典,要打磨,要有特色。诗歌的语言绝不是清汤寡水的大白话。当然,诗歌绝不排除社会上流行的、新鲜的、市面上常挂在人们口头上的词语,这些新鲜的、活泼的词语是最能体现出时代感的文字符号。

作为诗人,当前要深入学习习近平总书记在文艺座谈会上的讲话精神,深刻领会其精神实质,肩负起时代赋予的责任,用诗歌的方式反映社会生活,弘扬时代主旋律,从实践创造中提炼主题,从人民群众审美需要中获取灵感,鼓舞创作信心,激发创作激情,积极探索,发奋创作,不断出精品力作,进一步促进诗歌创作的繁荣,为文学的发展做出积极贡献!

人生自有来处

「 说散文 」

我是个偏重于写散文的作者,先后出过8本散文集,可一直没有认真思考过散文理论方面的问题。以往我写的都是自己走过的地方,经历过的事,想说的话,或是自己熟悉的人,就像农民要种地,工人要做工一样,目的一定是清楚明了的,认为没有必要去进一步探究。自己付出的是一个辛勤劳作的过程,当然也享受这个过程,捧出的是一个个或青涩或饱满的果实。

散文到底是什么?应该怎样去写?什么样的散文才算是好散文?近几年,全国各地举办了许多散文论坛,举办的散文笔会就更多,专家、学者、作家各抒己见,理论文章、散文佳作层出不穷,这无疑很大的促进了散文理论研究和散文创作的繁荣。

很早以前,萧云儒老师提出了散文"形散神不散"的

第二辑 生活·修行

观点,前一段时间读柏峰先生的书,发现了他散文"神散形不散"的论点,我觉得他们讲得都各有道理,既讲了散文的"形",散文的"神",也讲了"神与形"、"形与神"的关系。我说不出谁好谁更好,因为在学术面前,必须老老实实,不懂就是不懂,装懂是不行的。

前些年,直至目前,不少人都在讲"大散文",在讲"美文",我一直这样理解:前者可能是讲散文的内涵和外延的扩大,散文作用和功能更大的发挥,后者可能是在讲散文的质量和水平。一个讲"大",一个讲"美",乍一听,挺有意思,仔细琢磨就没有什么了,因为绝大多数散文作者在写散文的时候,都会自觉或者不自觉地注意这些、追求这些,也许他们压根什么也没有想。比如我自己,在写某一篇文章时,就没有想一定要把这篇文章写成

"大散文"或者"美文",而是在一种有写作冲动的情况下,去写自己想写的文章,只是想把心里想说的尽快写完、写好。这个"完"是速度,体现在写作过程上,这个"好"是质量,体现在文章修改中,自己对自己的要求是,要写好,一定要比以前的文章写得好,好到自己改不了一个字才会放下笔,这就完成了一篇散文的写作。

回想这些年,写每篇散文的时候,我都要求它有点儿"意思"。什么是"意思"呢?我认为能给读者思想、知识、启示、愉悦、思考的文章都应该算是有意思的。一句话,就是读者喜欢读,读了以后不会很快忘掉,甚至有回味的文章。你讲了一个故事,读者读了掉眼泪;你写了一段话读者读了或者喜悦或者陷入了沉思;你文章中有几句话读者读了逢人便想分享,我认为那都是"有意思"。

当然,这个"有意思",不是你自己认为有意思就有意思,要让读者认为有意思才算有意思的。如果你的"有意思"和读者的"有意思"一致了,那就是最好的事情。

朱自清的《背影》,贾平凹的《丑石》,陈忠实的《汽笛布鞋红腰带》,王宗仁的《藏羚羊的跪拜》,我已经读过多少年了,至今仍没忘记。最近,读了李汉荣的一些散文,一个人静下来的时候就会想起。我想他们的文章都是写出了"意思",写出了"大意思"。

著名作家、安徽作协常务副主席许辉说:"进书房"

第二辑 生活·修行

和"出家门"是他心目中散文创作的"元道"。他认为，走进书房可以发现思想，走出家门才能发现散文。实际上就是我们老祖先们说的"读万卷书，行万里路"。许辉是这样认为的，也是这样做的，所以他经常回老家、进农村、到淮河岸边深入生活，走访父老乡亲，寻找创作的灵感，取得了创作上的大丰收。再说著名作家柳青、路遥、陈忠实、贾平凹，之所以能写出鸿篇巨制、震撼人心的作品，无一不是深入生活的结果。这样的例子很多，想必大家也都耳熟能详并且深有体会。

[说说读书与写作]

（一）

关于读书的重要性，许多学者、教授、名人、大家都有精辟、独到的见解，讲的也很深刻。有人说，读书可以增长人的见识，丰富人的阅历，"秀才不出门，便知天下事"。有人说，读书可以提高人的文字能力和写作水平，"读书破万卷，下笔如有神"。有人说，读书可以增长人的智慧，在激烈的竞争中立于不败之地，"运筹帷幄，决胜千里"。有人说，读书可以提高人的修养。有人说，读书可以改变人的命运。

这些读书的重要性、读书的道理是我长大以后在学习中认识和理解的，刚接触书的时候，我只知道读书有趣。

小时候，我随祖父母在乡下生活。

第二辑 生活·修行

那个年代,乡下的生活很艰难,我读的书很少,能读到的都是些英雄的故事,而且是小人书,如:《红岩》《红旗谱》《鸡毛信》《半夜鸡叫》,革命样板戏《红灯记》《智取威虎山》《沙家浜》《红色娘子军》,外国的《阮文追》《钢铁是怎样炼成的》,等等。

这些极少的书我很喜欢。从别人那里借来就如饥似渴地去读,甚至是偷着去读,因为那时候农村的孩子除了上学读书,还要放羊、割草、挖菜、打柴火,干这些力所能及的农活儿。这些活儿是有任务的,完不成,轻则挨骂,重则要挨打,甚至不给饭吃。我接受过这样的体罚有多少次,自己也记不清。我曾写过一篇《太阳就要落山了》的散文,讲的就是这些事情,夕阳西下,筐子里的草还没有装满,孩子们想到要受体罚,心里就充满了惶恐。那时

人生自有来处

候,农村没有通电,晚上用的是煤油灯,煤油是用钱买来的,祖父、祖母都很节俭,不允许晚上点灯看书,一次,我借了同学两本《三国演义》连环画,一本是《火烧赤壁》,一本是《三英战吕布》,因为第二天要还人家,忍不住钻在被窝里看,结果被祖父发现了,我还不想承认,祖父说:你看看煤油灯里还有没有油?再看看你鼻孔里的黑!这样的故事虽不精彩,但有许多。

那时候,对我影响大的书,一本是《创业史》,这本著名作家柳青的长篇小说,是我从父亲的箱子里偷出来看的。我父亲是长安县(现为长安区)县委的一位干部,50年代著名作家柳青在长安县挂职,他曾送我父亲一本《创业史》,书的扉页上有柳青的签名,那会儿《创业史》是不让看的,我偷看了这本书。2007年,我曾写过一篇题为《心灵的默契》的文章,回忆读《创业史》,发表在《工人日报》上,还获得了全国职工读书竞赛一等奖。另一本书是《吕梁英雄传》,这是一部反映抗日战争的长篇小说,是我偷偷看的。我趁大人不注意偷了《吕梁英雄传》,悄悄看完,趁中午大人们午休时又从窗子扔了进去。那是个麦收季节,大人们中午也要休息一两个时辰。第三本书是手抄的《唐诗三百首》。我很爱唐诗,可是当时没有,根据大人们的记忆,特别是三叔父周文雅的记忆,我记录和抄写了一部分,大概有100多首,靠记忆和背

第二辑 生活·修行

诵来学习。1971年冬天，我参加工作时，口袋里装的唯一的书就是手抄的唐诗。

现在回忆起来，这三本书对我影响很大，也正因为这三本书的影响，我才爱上了文学，走上了业余创作的道路，取得了一些成绩。再就是八个样板戏，对我的影响也是很大的。那时候，每天都听见村子的高音喇叭在唱革命样板戏，至今一些主要角色的唱段我还能背下来。

实践使我认识到：读书是人升华心灵的必由之路，读书是人生的必需。"身体靠锻炼，心灵靠读书"。好书是空气、是阳光，是雨露，是思想之舟。

至于读书的方法，我想不外乎有这么几个方面：一是要看有用的书。二是对特别有用的书要认真研读。三是要深入思考。四是要用于指导实践，就是我们常说的理论联系实际。

读书是写作的基础，只有通过阅读，获取新知识、了解新思想、树立新观念，才能不断提高写作的质量。

（二）

我不是专业作家，别人，也包括组织对我们这些人也没有什么具体要求，开始时觉得写作就是玩，我也曾对朋友这么说，后来才意识到文学创作是一种责任，是一种担当，是一项很严肃的工作，只要你搞创作，就有责任，不

管你是专业的还是业余的。

我1981年开始发表文学作品，1988年加入西安市作家协会，1994年加入陕西省作家协会，2008年加入中国散文学会，2010年加入中国作家协会。主编图书16部，参与编写图书6部，30多篇作品被收入集，创作电视剧《微澜情》（与别人合作，陕西电视台拍摄并播出）。另一部是1992年我和别人合作的，根据我写的一篇人物通讯改编的电视剧《大漠护线人》（上、下集）因资金问题未能拍摄。这些年，我在省内外获各种文学奖30多项（次），其中，小说《啊，朋友》获1981年陕西青年小说散文竞赛乙等奖，2001年2月获陕西省文联第二届德艺双馨优秀会员称号，组诗《邮运三章》获2007年全国职工文学创作大赛铜奖，散文《心灵的默契》获2007年工人日报社"最感动我的一本书"征文一等奖，散文《小草之歌》获2008年全国职工文学创作大赛铜奖，2010年9月散文《奶妈 奶爸》获中国当代散文奖，2012年5月散文《油田好人张延海》获中国当代散文奖，2012年5月散文《油田好人张延海》获陕西省职工首届文学作品创作征文大赛散文类优秀奖，2012年8月散文集《那些事儿》获第五届冰心散文集奖，2012年12月散文集《那些事儿》获陕西省第三届柳青文学荣誉奖。

写作比读书累，太累的时候我曾想放弃写作，写不出好作品时，也想放弃写作。这种想法还不是一次两次。

第二辑 生活·修行

我是一个业余作者,主要任务是工作。刚开始学习写作时很苦,每天晚上都写到深夜才休息,可是寄给报刊社的稿子百分之百的又都被退回来了,很困惑,很无奈,有时还很伤心。那时候,我的孩子刚刚出生,我的父母亲还都上班,也没钱雇保姆。我记得大约有一两年时间都这样。我也下决心不写了,可是过了一段时间又拿起笔了,不由自主,真的。所以我说,搞文学创作,热爱是前提,读书是必需,生活是财富,坚持是关键。前面我说过,我一生做的事情很多,概括起来也就两件:一是工作,二是写作;工作是为了生存,是谋生的手段,是必须做的;写作是业余爱好,是自己的精神追求,是我自己愿意做的,是自己要求自己做的。后来渐渐习惯了,累了就放一放,过一段时间再写。大概是自己真正喜欢做的事情就不会觉得太累,就这样。

坚持读书和文学创作,我的收获:一是提高了我对社会、对事物、对生活的观察能力和认识水平;二是提高了我的写作能力;三是提高了我的生活和生存质量;四是提高了我对社会的贡献指数。

如果算的话,还有一个收获,那就是我从40年前的电信线务员(修电话杆、电话线)成长为一个领导干部。这,除了组织培养、领导教育、大家支持帮助,还要感谢读书和写作带给我的成长。

人生自有来处

关于写作,我有一些体会,总结起来有这么几点:

1.热爱是前提。文学的终极意义是关心人的生存状况和前途命运。作为作者,是应该要有责任和担当的。我认为,从事文学创作的人都是热爱文学的,不热爱就不会去写作。热爱,是最好的老师。从事文学创作是非常辛苦的。大家都知道,相信也都有这方面的体会。作家的生活是清苦的,寂寞的,有时甚至是非常痛苦的。所以,如果没有热爱这个前提,就很难出成绩。这一点,对业余作者更为重要。大家要工作,要生活,一天到晚要做那么多的事情,还要挤出一点时间读书、写作,你说多难啊!没有热爱这个前提能行吗?我觉得,自己能坚持这么几十年,主要还是因为热爱。对文学要真爱才行。

2.学习是必须。要通过读书学习不断丰富自己。读书是人升华心灵的必由之路,是人进步的阶梯。好书是空气,是阳光,是思想之舟。我是个笨人,比别人总是慢半拍,所以我要求自己多读书,把业余时间都用在读书学习上。平时不管工作多忙,都坚持读书看报。出差时乘火车、飞机也不忘带本书来读。总结有成绩的作家,无论专业的还是业余的,无一不是嗜书如命的。过去的柳青、路遥,现在的陈忠实、贾平凹,无一不是。

3.生活是财富。一个成功的作家必须深入生活,只有深入生活,才能获得丰富的生活基础和创作素材。我认为

第二辑 生活·修行

生活就是财富。著名作家柳青曾说,作家一定要上好生活、艺术、政治三所学校,三所学校中生活是第一学校。此说确有深刻道理,柳青之所以写出了《创业史》,应该也是这一思想的指导。生活之于作家就好比农民种地,农民没有土地难以生存,作家离开生活就无法进行创作。我不是专业作家,可是我有两块自留地,一是故乡,二是邮电。我所写作品,基本源于这两块土地。前不久,我在报刊上发表了一篇文章,题目是《耕种好自己的田地》,讲的就是这个问题。我们每个作者都有自己熟悉的土地,我们生在这里、长在这里,这里的一切都与我们息息相关,紧密相连。所以,我们应该在这里耕耘才是。贾平凹为什么写商州?陈忠实为什么写关中?路遥为什么写陕北?还不都是因为熟悉,因为热爱吗?

4.超越自我是目标。业余作者,也要给自己制定个目标。目标是希望,是追求的动力,是一种自我监督和约束,是自己给自己加油。我也认为超越自己就是目标。要不要超别人?能不能超别人?这不好说,关键是要先超越自己。要实现这个目标,就要有超越自我的精神和具体行动。

5.坚持是关键。干什么,都是说起来容易做起来难。搞文学创作贵在坚持,这对利用业余时间从事文学创作的人来说就极其重要。总结成功者的经验,他们都是这样。

还有两点：一是有自己的工作的文学爱好者，一定要注意处理好工作和写作的关系。工作是第一位的，这是我们生存的必须，所以我们无论如何都要首先把工作做好，绝对不能因为创作影响工作。创作，应该是在搞好工作的基础上才做的事情。作为领导，应尽可能为这些同志提供学习和创作的机会，多关心这些同志的进步和成长。二是要正确认识我们文学创作的成果。期望值要从实际出发。我一直这样认为：爱好文学的人，未必就能成为文学家，但是许多人正是从爱好文学走向成才之路的。心有多大，天地就有多宽，人还是需要有些幻想，有些梦想的。

说说王宗仁

很早就知道王宗仁，认识他却是最近的事情。

今年五月，陕西省散文学会成立，周明、王宗仁、阎纲、雷抒雁几位中国文坛重量级的陕西籍在京作家被邀请参加了成立大会。

这天，我一直在众多的名人中寻找王宗仁，因为找不出曾在照片上看到的他，于是悄悄地问陈长吟先生，长吟指着我对面的一位说，那个就是王老师。

我的目光立即聚焦在这位长者身上：一身黑色衣服，一双黑皮鞋，一手提着黑色提包，一手提着尼龙质地的绿色手提袋。若不是在这样的场合，我一定会认为他是一位赶火车或者赶汽车外出办事的乡下人。

但是，这位长者确实是出版过31部散文、散文诗和报告文学集、现任中国散文学会副会长兼秘书长的著名作家

王宗仁先生。

王宗仁是一位军人，18岁参加中国人民解放军，一直在部队工作到退休，特别是他在西藏服役多年，与西藏结下了深厚情谊。离开西藏后还120多次翻越唐古拉山进行采访和考察，写下了许多感人的名篇，尤其是结集出版的《藏地兵书》赢得了读者的广泛喜爱和专家的好评，此文集获得了第五届鲁迅文学奖。我读过王宗仁的部分散文，一直欣赏他朴实的文字、精致的构思、深刻的思想所形成的独特的散文风格。

也许是王宗仁的装扮，也许是他一口纯正的陕西关中西府话，我像是见到我们村一位长辈一样，走到他跟前，恭恭敬敬地向他做了自我介绍。

王宗仁慈祥地笑着，说知道我这个人。我很少在全国性的大型刊物上发表文章，不会给他留下什么印象，如果他知道我，那肯定是我参与筹备陕西省散文学会，并当选为陕西省散文学会副会长兼秘书长的原因。王宗仁却说，你们这些人了不起，在单位担负那么重的责任，业余时间还坚持文学创作，实在是不容易。我早听朋友介绍，说王宗仁老师是个有心人，对陕西的作家也尤其关心爱护，看来此话并非夸张。

王宗仁老师非常喜欢陕西的散文作家李若冰、贾平凹等，也喜欢不少年轻的散文作家，还给几位很优秀的

第二辑 生活・修行

散文作家集子写过序。他在大会上讲话时，说自己一直是李若冰先生的忠实粉丝，当年就是带着李若冰的《柴达木手记》走进部队的，也是这本书引他走上了文学创作的道路。

王宗仁告诉我，他在外工作多年，就是这些年在北京，他也一直认为自己依然是陕西人，纯正的陕西土话，地道的陕西装束，最喜欢吃的也依然是陕西的臊子面、油泼辣子、锅盔、羊肉泡馍、槐花麦饭、油糕这些小吃食。对陕西的八宝甜饭，王宗仁更是情有独钟，中国散文圈里曾流传着这样一个故事：说有一次王宗仁回西安参加文学创作活动，午饭时服务员端上一盘八宝甜饭来，他吃了两口还想再吃，可是又觉得不好意思，只好任凭别人转动了桌盘。八宝甜饭转走了，他的眼睛还一直跟着，也怪，那天每个人的筷子都伸向这只盘子，眼看盘子中的甜饭被人一口口吃掉，最后，一位先生忽然一只手按住转盘，另一只手竟端起菜盘子将八宝甜饭全部倒进自己碗里。王宗仁瞪了那位先生一眼，然后长长地叹了一口气，他是后悔刚才的嘴下留情带来这么一个结果。

此事虽然大家当作一件趣事来讲，可是与王宗仁老师共进晚餐时，我却真真切切看到了他对八宝甜饭的喜爱。他的夫人也是陕西人，只要他在家，夫人每天都要给他擀一碗面吃，可是他回陕西吃面，哪怕是酒店里并不正宗的陕

西面食,他也觉得比北京的香,他说可能是水土的问题。

陕西散文学会成立活动结束后,王宗仁和陈长吟等去了安康,对安康香溪洞、瀛湖和旬阳的老县城及蜀河镇进行了实地考察。

离开西安的那天,我去宾馆探望王宗仁老师。王老师和陈长吟交流探讨的还是安康话题。看得出他还沉浸在安康的山水中,思考的还是这块土地的自然环境、历史文化和人与自然和谐生存的状态。他说蜀河镇历史上多次发生洪灾,大水来了人们就要上山逃命,家里的财产被水冲得干干净净,这里面有多少感人的故事呀!可是因为时间关系,来不及细访。他还想利用短暂的时间,去蜀河镇看看。

在陕西的时间,没有在西藏的时间多。写陕西的文章,没有写西藏的文章多。因此,王宗仁老师每次归来,都恨不得踏遍家乡的角角落落,好好补上对家乡的深情和厚爱。如果说西藏是他创作的灵感之泉,家乡则是他创作的灵魂之源。和王宗仁老师在一起的这两天,从他深邃的眼睛里,从他对蜀河镇的关切中,从他对家乡人文的探知和感慨中,我明白这不仅仅是热爱,不仅仅是关心,而是一个作家在寻根。并在寻找中开始新的创作,构思新的文章。这些文章一定饱含着家乡的深情,也一定很美。

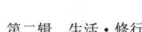

第二辑 生活·修行

[说说陈忠实]

2017年4月29日，是著名作家陈忠实老师谢世一周年的日子，我随陈老师的家人、亲戚及部分挚友在凤栖山追思陈老师，透过焚烧纸钱的火光，我依稀看到陈忠实老师那慈祥和蔼的面容……

认识陈忠实老师，是一个偶然的机会。

1993年6月，人民文学出版社出版了陈忠实的《白鹿原》。这部文学巨著刚出版上市就被读者一抢而空，出版社在同年7月第二次印刷了这部轰动当时中国文坛的陕军东征代表作。一段时间，西安出现了《白鹿原》热。我这个从小生长在白鹿塬下的文学爱好者也成了单位关注的对象，好几个同事来找我，让我找陈忠实在他们买的《白鹿原》上签个名。那时，我也只是陈忠实老师作品的忠实读者，还没有见过他。可是，托我要签名的人竟有十多个，

人生自有来处

实在推不过，只好硬着头皮应承下来。

其实，我早就想见陈忠实老师了，就是担心大作家会有架子，不好说话。8月23日上午，我带着20本《白鹿原》走进了陕西省作家协会大院，一声"陈老师"，一声"白鹿塬乡党"，就和陈忠实成了熟人。那天，他穿着蓝色上衣，黑色裤子，黑皮鞋，一口浓重的西安郊区话，非常朴实，咋看都像是乡村教师。在陕西省作家协会主席的办公室里，陈老师以接待乡党和学生的热情，和我们进行了亲切交谈，然后泼墨挥毫，为20本《白鹿原》逐一题字签名，并且极认真地盖上了他的大红印章。

从那之后，我和陈忠实渐渐熟了起来。1998年夏天，陕西人民教育出版社要出一套青年阅读文库，把我的散文集《絮语人生》列入其中，要求尽快整理书稿，并请知名人士作序。当时，我第一个想到的就是陈忠实，当时陈老师正在完成一个约稿，时间很紧张。我心里没底，就请青年作家雷电帮忙。雷电和陈忠实很熟悉，他说："你放心，陈老师一定会给你写这个序的。"我问为什么，雷电说："就因为他是陈忠实！"果然，不久陈老师为我写的序《真情无瑕》就送到了我的手上。后来才知道，陈老师为写这个序不但认真阅读了全部书稿，还专门在蒲城县找了一处僻静的地方为我和另一个业余作者的集子写序。

陈忠实是非常优秀的文学组织工作者和领导人，他非

第二辑 生活·修行

常关心基层文学组织和基层的青年作家，撰写评论，给书写序言，和善、亲切，令人感动。

陕西省职工作协成立后，我们聘请他为名誉主席，每有大活动，陈老师都挤时间参加，给大家讲话，指导职工作家写作。我们单位编辑出版文艺刊物《青鸟》，陈老师不但给题词，而且撰写了散文《一个人的邮局》。

2010年春节后的一天，我去看望陈老师。去到他的创作室，屋子里很杂乱，好像很久都没有打扫过，桌子上、凳子上，甚至沙发上都堆满了书报杂志，一些随手堆放的书报随时都有倒下来的可能。我要帮他整理，他不让动，说他放的东西只有他知道，弄乱了就不好找了。那时候，他正在闹牙痛，嗓子沙哑着，腮帮子肿着，头发也乱糟糟的，布满皱纹的脸更显疲惫。陈老师一脸无奈地告诉我，他现在除了必要的应酬就是忙着给别人的书写序，而且接连不断，都是多年前"欠的账"，就这还得罪了不少人。

临别时，陈老师拿出他新近出的《秦风》和《行走的笔记》送我，一边在书的扉页上签字一边说："我也没啥送你，就送你几本书看。"

有人托我给陈老师带两盒茶叶。"五一"后的一天，我直奔他的创作室，看到送来的茶叶时，他连声说："太高档了，太高档了，真是享用不起，太感谢了！"陈老师说他多年饮用的都是陕南青茶，属于陕南中档茶。说到

人生自有荣处

茶叶,陈老师兴致很高,一直从茶马古道、巴蜀茶、汉茶说到午子仙毫,又从陕南著名作家王蓬说到他曾给著名茶学专家蔡如桂写的一篇文章,最后话题自然回到了文学创作上。问及他的近况,陈老师苦笑着摇了摇头,沟壑纵横的脸上依然布满着无奈:"每天把自己关在这里,就是给别人的书写序,常常得放下自己的创作,这几年写过多少序,连我自己都数不清了。"

"听说,上海一家出版社多次要把你写的这些序整理成一套书,你为啥拒绝呀?"

"出这样的书谁看?给咱出书让人家赔钱,肯定不行!"

"那是出版社的事情,人家要出书就一定会有销路。"

我的话音刚落,陈老师的眼睛一下就瞪圆了,声调也提高了许多:"不行!不行!我不能光顾自己,损人利己的事咱做不成!"

下了楼,回头再望这幢不豪华也不高档的住宅,不知怎的,鼻子忽然酸酸的。一位著名作家、一位文学大家、一位上了年纪的老人,每天把自己关在这里,吃着从家里带来的饭,过着俭朴的日子,带着病痛,给许许多多的作家、文学爱好者写序,指导他们创作,用自己的烛光照亮文学道路,用自己一颗忠实之心诠释着蜡炬成灰泪始干的奉献精神。

一个真正伟大的作家,除了有好的作品,更要有好的人品。陈老师没有架子,像他这样不计报酬名利,一心只做实事的人,确实是不多见的。

离开了陈老师的创作室,我忽然觉得那个地方很静,静得让人感到寂寞和孤独,也让人充满由衷的敬意。

2013年6月的一天下午,我正在一个会议中,有电话打来,说陈忠实老师请我吃晚饭。电话里说得很清楚,是陈忠实老师要感谢我,因为我帮他给何启治先生买了两张西安至延安、延安到北京的火车票。

何启治原为人民出版社副总编辑、《当代》杂志主编、《中华文学选刊》主编,也是《白鹿原》的责任编辑,这次专程到西安看望陈忠实,去延安时遇到了困难。当陈忠实和何启治两人同时端起酒杯向我致谢时,我一下慌了神,急忙端起酒杯应对,额头上很快有了密密的汗珠。

2013年底,我因事需要陈老师两幅字,打电话给他。陈老师问:"是你要还是给别人要?"我不知道他的意思,就说我要。他说:"知道了,你明天下午3点到3点半来我这儿拿。"说完就挂了电话。第二天,我准时到了陈忠实创作室,他拿起一个大信封给了我,说:"这是你要的字,两幅,对不?"我忙从口袋里掏出钱来给他,他手一推,说:"胡闹啥呢?没事了快走,我还忙着呢!"我说:"这是您的辛苦费,不多……"陈老师说:"你要,

不收钱，送你了。别人要，那另说。平时我也给你帮不上忙。再说，我这毛笔字也不值钱。"

去年年底，北京《邮来邮往》杂志创刊号转载了陈忠实的散文《一个人的邮局》，因不知陈忠实的通信地址把稿费寄给我，让我转交，我打了几次电话都没人接。后来才知道陈忠实生病了，不接电话，也不让人看他。春节期间，我又打电话给他，还是无人接听，于是我发信息给他讲了稿费的事情，陈老师很快回了电话，说："养俊，你打的电话我都知道，我这一段有病，在医院治疗，大夫不让说话。那个稿费你拿去买盒茶叶喝了。"我说："那不行，是你的稿费，别人让我代转，一定要送给您，您说您在啥地方？我马上过来。"说实话，我也是想借送稿费去看看他。陈老师明显着急了，他说："我给你说，我不能说话，要么，你叫几个人吃顿饭，代表我请他们吃个饭行了！就这。"说着，就挂了电话。这个晚上，我半夜没睡着，我一直想陈忠实和他患的这种病，期望能有好的转机。第二天，我分别打电话给雷电、李下叔，希望他们帮我把稿费送给陈忠实。可是，他们都说，你真要陈老师高兴，你就按他的要求办。

今年3月3日晚，我和几位作家朋友聚会。开饭前，雷电给陈老师打了电话，当时没人接，过了一会儿，陈老师打过来了，雷电说了几句，意思是拿稿费吃饭的事情，说

第二辑　生活·修行

完把电话给了我,当时我感到心跳很快,拿手机的手好像在颤抖。还没等我把问候的话说完,陈老师就说了:"这事就这了,我不能多说话,你替我问他们几个好,好了,就这了。"

这是我和陈忠实老师的最后一次对话,没想到竟成了永别。两天后,我买了一些补品和刚出的2015年邮票年票册送到了陈忠实小女儿陈勉力的单位,希望转交并问候陈忠实老师。不久,勉力打来电话,代表陈老师表示感谢。这以后,很少听到陈老师的消息,我总以为他的病情会好转的……

「 因为书的拜访 」

春节后的一天早晨,我打通了陈忠实先生的电话。

互问"新年好"后,先生问我有什么事儿。

我说:"给您拜个晚年!"

先生说:"谢谢,谢谢,我也给你拜年。"

我说:"我想上您那儿去,今天有时间吗?"

先生爽朗一笑,说:"免了,免了,这就不必了,现在时兴电话拜年,再说后天咱们就见了。"

先生的脾气我知道,只好直言相告:"有两个外地读者买了《白鹿原》,书寄到我这里,想让您签个名儿。"

先生问:"外地的?"

我说:"是北京的,也是作家,很喜欢您和您的《白鹿原》。"

先生说:"那你来,现在就来。"

第二辑 生活·修行

去年冬天去北京出差,见了《工人日报》文化周刊的刘建民,刘建民是我的老朋友,介绍我认识了几位作家。其中有一位叫韩三洲的,听说我是陕西人,即刻问我是否认识陈忠实。

我说认识。

韩三洲握住我的手,忙说:"好啊,好啊,这就好了,您帮我请陈忠实签个书名好吧?"

刘建民说,韩三洲喜读书,爱藏书,有一年曾被评为北京市的藏书状元,仅《白鹿原》就有好几个版本。

这个晚上,我们在附近一家蒙古餐馆聚餐,喝了不少河套烧酒,吃了许多草原牛羊肉,谈陈忠实、路遥、贾平凹,谈《白鹿原》《平凡的世界》《废都》,听他们评价陕西这些大腕级作家和作品,距离就更近了。话到高潮

人生自有来处

时,河北的唱了评剧、北京的唱了京剧、河南的唱了豫剧,我也来了几声秦腔。掌声、笑声、酒杯的碰撞声,一直持续到很晚。临分手时,大家热泪盈眶,拥抱作别。

回到陕西第三天,单位传达室师傅送来一包书,打开一看,我才想起那天韩三洲要我找陈忠实替他签名的事情。这韩三洲果然爱书,三本《白鹿原》虽然已成旧书,依然没有揉摺的痕迹。韩三洲同时寄来他的新作《动荡历史下的中国文人情怀》,这是一部读书札记,书中钩沉索引,不仅揭示了鲜为人知的人物秘辛,还给人们带来审读历史的另一种视角。作者在书的扉页写了一首诗:"燕市悲歌共酩酊,秦声凄越不忍听,天涯何论初相识,书生交谊文字轻。"掩卷品味,我又想起了那个晚上的聚会。

迎着寒风,踩着稀稀落落的鞭炮声,我敲开了陈忠实先生的屋门,先生一人正在看国际足球比赛。先生和我说着话,眼睛却始终没有离开电视机的屏幕。很早以前,就有人说陈忠实喜欢抽巴山雪茄、听秦腔、看足球比赛,看来是真的。我在一旁等候。

过了一会儿,先生问我:"书带来了?"

我说:"带来了。"

先生问:"有新买的么?"

我说:"有。"

先生说:"有,就快把塑料皮子撕了,准备好,让我把这点儿看完。"

我说:"您看您看,不急。"

先生说:"你弄好往书案子上放,我就写。"

我把带的20本《白鹿原》放到书案上好一会儿,先生才恋恋不舍地走进了书房,提起笔一笔一画地在书的扉页上开始签名。先生签完书名,又在他姓名后面盖上了鲜红的个人名章,然后在那地方盖上早已准备好的小纸片儿以防洇染。

签完名后,先生招呼我坐下喝茶。

我问他最近忙啥,他说:"没忙啥,看看书,写点儿东西。"说着就笑了,沧桑的皱纹随着他脸上的表情,绽放成一朵花。

我小心翼翼地把先生签了名的书放进手提袋里,看着先生疲倦却又谦和的笑容,似乎再也没有继续打扰他的理由了,起身告辞。楼下寒风依旧,但我身上却蒸腾着先生屋里的温暖,远处隐隐约约传来鞭炮声,我知道,春天又来了。

「 说说贾平凹 」

认识贾平凹先生很早,那是他的作品《满月儿》获奖后给文学青年作报告的时候。当时我偷偷和他作了比较,因为我俩有好多相似的地方:一是两个人相差一岁,二是都是从农村走出来的,三是我们一个父亲是教师,一个父亲在基层政府当干部,吃的都是公家粮,四是我和他两个人长相也差不多,脸长,只是贾平凹眼睛比我大,我却比他个子高。

说贾平凹先生和我,或者说我和贾平凹先生长得像,是因两次有人错将我认成贾平凹。

一次在西安大街上,有位年轻小伙子冒冒失失拦住我,问我是不是写《废都》的贾老师,我连连挥手说不是。他追着我说:"我看你就是贾老师!"我怕人围观,还说我冒充大作家,就匆匆拐进了一条小巷子。

第二辑 生活·修行

另一次是在商州出差，晚上在地摊上吃烤肉、喝啤酒时，一位长得比较文静的姑娘把我看了很久，然后走到跟前说："请问，您是不是贾老师？"

我先是一惊，然后回答说不是。

那姑娘说："没有事，我只是想请您给我买的书签个名儿。"

我说，我真不是贾平凹，也不敢冒充贾平凹，贾平凹先生是我崇拜的大作家。

姑娘看我认真，就说对不起，然后转身走了，走了几步，她又回过头来看我，那神情分明是怀疑我在撒谎。

1998年夏天，因朋友相邀，我有幸与贾平凹以及陕西美术界的几位大画家共进午餐。那天气氛很热烈，话题也很广泛，只是没有我说话的机会，因为我既与他们不熟

人生自有去处

悉，也不懂美术绘画。可是我收获很大，不但近距离接触了贾平凹，而且与贾平凹先生合影留念，使我的虚荣心得到了很大满足。你想想，作为一个陕西的文学爱好者，不认识贾平凹这样的大作家你该对别人怎么说？

以后这些年，我见贾平凹先生的次数确实不多，但是每次见贾平凹都会主动走上前去，争取和贾平凹握手，但是我不知道贾平凹是否记得我这位与他合过影的人。

2009年，我的散文集《长路短歌》即将付梓，这日与朋友聚会时恰与陕西省美术馆长李杰民先生相逢。我认识杰民兄时间不长，但互相认为是知己，于是大胆要求他帮我找平凹先生索求墨宝，为自己的小册子增光。杰民兄满口答应，并认为是小事一桩。

李杰民馆长慷慨应诺，本是天大好事，我却心中始终不踏实，因为曾听人说贾平凹惜字如金。一个星期过去了，我几乎忍不住要抓起电话机询问，李杰民馆长却将电话打了过来，问我是否有时间过他那儿一趟，说平凹给我题的书名已经写好。

我感动得一时不知说什么，一连说了几个好，说得杰民兄在对面都笑了。

我问他应该给平凹先生多少钱为好。

杰民兄只极干脆地说，一分不要。

我知道李杰民与贾平凹是同乡又是挚友，但人熟礼不熟,就说多少给些以示对先生劳动的尊重。

杰民兄说,说不要就不要。

我说那请贾平凹先生吃顿饭,以示敬意。杰民兄只答应试试,可是一直没有约到。

时间已经过去了三年,这三年我见平凹先生的次数不少,每次我都对他说:谢谢贾老师。

贾平凹也都笑着说:谢啥呢嘛。可是,我始终不知道他和我说的到底是不是一回事儿。

说说"路遥精神"

陕西是中华文明的重要发祥地,有着浓厚的文学传统。诞生于此的诗经乐府传诵千古,汉赋唐诗是中国古代文学的巅峰。在革命战争年代,更是掀起了革命文艺创作的新高潮。

新中国成立以后,陕西先后涌现出柳青、杜鹏程、路遥、陈忠实、贾平凹等一批优秀作家群体,创作了《创业史》《保卫延安》《平凡的世界》《白鹿原》《秦腔》等多部极富艺术感染力的享誉文坛的作品,确立了陕西作为中国文学重镇的重要地位。

从陕北大地上走出来的著名作家路遥,在短短十几年时间里创作了《惊心动魄的一幕》《人生》《平凡的世界》等多部有影响力的作品,其中《平凡的世界》获得第三届茅盾文学奖。路遥曾说:"作家要像牛一样劳动,像

第二辑 生活·修行

土地一样奉献。"路遥是这么说的,也是这么做的。由于在创作中过度透支身体,路遥于1992年11月英年早逝。中国作协副主席、陕西省作协主席贾平凹说:"路遥是陕西文学的英雄。"

陕西省委原书记赵正永说过,参观了路遥纪念馆,进一步增添了我对"文学陕军"的敬意,他身处劣境却自强奋斗,他把握时代又立于高端,这样的人生轨迹和精神特质彰显着引领社会思想的责任。

路遥自小家境贫寒,在农村务过农、在小学教过书,可以说没有任何背景。可是,路遥依靠自己的努力和奋斗,在艰苦的环境下不懈追求,一步一个脚印地创作,一个台阶一个台阶地超越,最终实现了自己的人生梦想。

陕北的几个简陋的住处,是路遥长达6年"自囚"写作

人生自有来处

《平凡的世界》的地方。他以2000多天的磨砺与艰辛写完百万字巨著《平凡的世界》。在路遥的作品中,那些在逆境中不懈跋涉,最终通过顽强奋斗实现人生追求的艺术形象影响了许多读者和作家。

中国作协副主席、著名作家陈忠实曾说:"路遥在创作表现普通人生形态的平凡的世界里,不仅不能容忍任何对那个世界的过去和现在、历史和现实的解释和随意性,甚至连一句一词的描绘中的矫情和娇气也绝不容忍。"

赵正永认为,路遥的人生轨迹和精神特质,通过他的文学作品和艺术形象广为传播,激励着无数年轻人去改变命运、追寻梦想。特别是改革开放后的今天,人人都可能有出彩的机会,人人都可以实现自己的梦想,在"平凡的世界"创造出不平凡的业绩。

路遥年仅42岁就因病去世,在短短21年的创作生涯中,在艰苦的生活和创作条件下,他为读者奉献了数百万字的优秀作品。

路遥生活学习工作的年代,正处于我国大变化、大发展和大转型的时期,而路遥本人的人生之路也曾经历过天壤之别,这对作家世界观、人生观和价值观的形成产生了深刻的影响。路遥的系列作品能够让人产生强烈的共鸣,具有很强的穿透力和撞击力。

路遥用敏锐的眼光和细腻的笔触,品味时代、把握时

第二辑 生活·修行

代、立于高端、剖析社会、思考人生,他的小说反映了同时代人的生活,"很真实、很亲切"。

路遥的笔外功夫非短期之锤炼,而是一生中不背离时代,不厌弃生活,不脱离所处的环境、土地和人民,同时又站在历史的高端,彰显引领社会思想的责任。而人们没有忘记他,正是因为他的人生、精神和作品。

【 永远的笛声 】

不经意间看到柯蓝先生远行的消息，从此记住了2006年12月19日这个日子，我的心头多了一份悸动与感伤！

柯蓝，是从战争年代走来、经历过血与火洗礼的著名作家。他写的长篇小说、散文、电影文学剧本得到广泛赞誉；他那哲理与诗意相交融、理性与感性相交织的散文诗受到读者们的格外青睐；他一面笔耕不辍地进行散文诗创作，一面为散文诗的振兴和发展奔走呼号；他是散文诗的忠实创作者和捍卫者，又是散文诗理论的探讨者和研究者，他的中国散文诗系统理论著作《中国散文诗创作概论》结束了中国散文诗无理论的历史……他是值得我们尊敬的一位忠实于生活的旅行者，他每天都迎着早霞吹着他那欢快的短笛出发，晚上又披着星斗满载着累累果实而归。他是散文诗的歌者，也是生活的歌者、人民的歌者。

第二辑 生活·修行

柯蓝的名字,是我读他的散文诗集《早霞短笛》时认识的。《早霞短笛》是新中国的第一部题材、形式多样的散文诗集,也是我最早拜读的散文诗集。从此,这满天早霞下悠扬的笛声犹如一泓清泉浇灌了我荒芜的心田,又似几许动听的蛰音唤醒了我创作的春天。

1991年11月,我出版了第一部散文诗集《多情的季节》,在酝酿出版第二部散文诗集《孤旅独语》时,我想到了文学前辈、著名作家、中国散文诗学会会长柯蓝先生,希望他能为《孤旅独语》作序。经朋友引荐,1994年7月,我通过著名诗人、时任《中国公安报》文艺部主任的杨锦先生,把《孤旅独语》的主要篇章转送给柯老。柯蓝先生能为我这个名不见经传的青年作者的小册子写序吗?这也许是奢望,那几天我的心一直忐忑着。没想到,

人生自有来处

这年的8月28日下午,我收到了柯老的亲笔信和《孤旅独语·序》的手稿。在单位的传达室门口,我一口气读完了柯蓝老师的信,泪水不觉已是潸然。后来杨锦先生告诉我,说柯老写序的那个晚上,北京特别热,而柯老家的空调偏又出了故障,这位吹笛的歌者时年已是74岁高龄了,可是他头顶着湿毛巾,脚踩凉水盆,硬是写下了1500多字的文章。我再次被感动了,于是鼓足勇气把电话拨到柯蓝老师家中,想说点感谢的话,谁知刚说了两句就被柯蓝老师挡住了,他说:不用谢,不要谢,这都是我应该做的,要谢就谢散文诗吧,是散文诗让我们相识。他鼓励我,说我的作品开朗、明快,充满浓郁的生活气息,羚羊挂角,没有过分雕琢的痕迹,显得成熟而自然,有属于自己的淳朴风格。柯蓝老师殷切希望我能寻找作品的突破口,进而扩大作品的题材,深化作品的内容。抚今追昔,先生的谆谆教导宛如一缕悠扬的笛音,至今还在我的耳边萦绕。

1999年冬天,我出差路过北京,专门看望了柯老。这位慈祥可亲的老人,在他的住所里热情地接待了我们。交谈中我得知,他16岁那年毅然抛弃优越的生活,从湖南老家奔赴延安参加了革命。在延安,他创作了反映抗日战争的章回体小说《洋铁桶的故事》,受到陕甘宁边区群众的热烈欢迎,成为延安文艺座谈会以后最早的成果。1946年,柯老作为一名战地记者参加了保卫延安的战斗。后

第二辑 生活·修行

来,因病生命垂危,幸得边区政府主席林伯渠紧急送往河北西柏坡中央医院抢救,才死里逃生。1948年至1949年,柯老在延安深入农村,曾化装为货郎,牵着盲艺人韩启祥走乡串村,收集陕北民歌,第一次将"信天游"和"兰花花"等收集出版。

柯老对延安有着特殊的感情。提起延安,他记忆的闸门就打开了,从战斗到生活,从鲁艺到文学创作,从小说、散文到散文诗,老人家滔滔不绝,满脸泛着红光,就好像又回到了那个火红的年代。临别时,柯老拉着我的手,语重心长地嘱咐我回西安后找陕西省委宣传部,再与省文联、作协联系,筹备成立陕西散文诗学会,以促进散文诗的发展。同时他还希望我在散文诗的创作中能有大的进步。现在想起来,我十分愧疚,由于能力、能量有限,成立陕西省散文诗学会的任务至今没有完成,不过稍感欣慰的是我的第三本散文诗集《封缄的记忆》付梓,就在我准备把这份作业交给我最尊敬的长辈和老师的时候,柯老已经离我们远去了。

柯老走了,悄悄地走了,走得那么平淡,那么从容、自信,报纸上没有讣告,其他媒体也没有发布消息,此时此刻,不由得想起了他的诗句:"呵,土地母亲!我即将踏着星光远行……"

柯老远行了,中国散文诗艺术擎旗的那个老人远行

了,带着他对散文诗事业的痴迷和执着远行了。可是,他把人生的使命,他把子孙、青春、爱情和自己的一切全部奉献给了散文诗,他把真、善、美深深地镌刻在散文诗里,把永不停止的驰骋与拼搏的精神留给了后来者,也把那曼妙的笛音恒久地倾洒在了人间。

"高山仰止,景行行止。"我们当沿着前行者的路,继续跋涉。人们也将永远记住您的名字:柯蓝!还有那永不消失的笛声。

第二辑 生活·修行

[说说康娜]

记不清是哪一年了,在一个饭桌上,我见过康娜。她当时在高新某集团下属的一家公司工作,具体是给单位编简报、写材料。康娜的一位领导介绍说,康娜的文字功底很好,我就问康娜写不写文学作品,她说喜欢文学,但没写过文学稿。

这以后,再没见过康娜。

几天前,我忽然接到她的电话,她说她出了一本书,想送我看看。很快,我就收到她寄来的散文集。捧起这本装帧典雅的《在简单里安顿自己》,我一下子就被吸引住了。《在简单里安顿自己》,纷繁复杂的社会、包罗万象的生活、说不清道不明的各种烦琐杂事,怎么简单?怎么在简单里安顿自己?浩瀚的文字大海,怎么构思自己的文章?怎么在文章里表达自己的思想、书写自己的情怀、

抒发自己的情感？一连串的问题，迫使我放下正在干的活儿，认真地读起了这部书，直到吃晚饭时才放下。

好书！这是我读了《在简单里安顿自己》部分文章后的真实感觉。想着那个眉目清秀的康娜，又有一种"文如其人"的感觉。

这是一部这些年很少读到的书。

这是一部充满哲理、闪烁着智慧火花的书。

这是一部说理、讲道、传经、解惑的书。

首先，是《在简单里安顿自己》简洁明快的语言风格。在各种文学门类中，散文的语言尤其重要。散文不同于小说，也不同于诗歌，散文要求语言有色彩、有情绪、有气味、有节奏、有细节、有张力，应该是生动的、形象的，通俗地讲，就是要"有味儿"。我认为，康娜的散文做到了这些，而且形成了自己的语言风格。她的散文如山涧溪水、碧空流云，干净、清新、自然、流畅，没有闲言碎语、枝枝蔓蔓，没有哼哼唧唧、卿卿我我，没有多余的话、无用的字，读起来很舒服，是一种美的享受。

其次，是《在简单里安顿自己》深刻的思想内涵。我说的这个"思想内涵"，就是说散文内在的力量，或者叫散文严厉的内在性，是作家所说的和希望读者接受的东西。康娜这部书主题非常阳光，思想内涵非常深刻。她的许多文章的题目就是自己的一个观点，如《生命是一场盛

第二辑 生活·修行

大的交付》《再低,也不低于底线》《有一种幸福,叫付出》《学会和生活周旋》《做人要有大气象》《在简单里安顿自己》等等,看得出,康娜是一个很理性、很冷静的人,她有很深厚的生活底蕴,丰富的生活阅历,她对生活观察细致深入,思考冷静透彻,说理很有逻辑性。这也许与她的工作、生活有关。这部书的封面上有一段话:其实,我最想说的是:最好看的生活,须以清凉心观望,以平常心度过,以欢喜心打磨。我以为,这段话就是她的心灵独白。所以,她的文章就洋溢着强烈的情感色彩,闪烁着个性思辨的火花,张扬着她独特非凡的个性。所以,她讲政治、讲生活、讲婚姻、讲爱情、讲做人等等,都讲得头头是道,讲得透彻深入,讲得让人心服口服,乐于阅读、接受。

第三,是《在简单里安顿自己》很强的可读性。这是因为康娜讲的都是心里话、肺腑之言,有些是自己的经验和体会,有些是自己的思考和感悟,也许还有经验教训一类的,没有谎言、没有虚伪、没有水分。如《内心丰盈,处处风景》《活到平淡》《笑对人生中的跌落》《以平静之心,待不平之事》《放下,才舞的轻盈》《认真,不如随意》等等,总之,《在简单里安顿自己》里的每篇文章都很亲切,好像在听一个知心朋友在讲故事、讲人生、讲命运、讲家常道理,让你愿意听,并且越听越爱听。

我在国有企业干了一辈子,爱文学爱了几十年,写文学稿也写了很长时间,我很尊敬、很佩服那些白天上班,晚上回家做家务、辅导孩子学习,到了夜深人静时才有工夫坐下来读书、写文章的人,他们很辛苦、非常不容易,尤其是女同胞!康娜是他们其中的一个,真不简单!

我还听说,康娜是从去年开始写散文的,就是说,她从去年才开始从事业余文学创作,不到一年时间,就写下了20多万字的美文,中国华侨出版社免费为她出书,这也确实是不简单。

读了康娜的文章,就更觉得康娜不简单了。说什么呢?不信?读了她的文章您就会知道。

我是匆匆忙忙读完康娜这部散文集的,拉拉杂杂写了这么一段话,算是我的感想和体会。我看好康娜散文写作的路子和发展,因为她的文章确实有高度、有深度、有烈度。我希望康娜在这条路上越走越顺、越走越远、越走越宽,写出更多、更好的作品来!

第三辑 **生命·回声**

第三辑 生命·回声

[说朋友]

人都说朋友,朋友到底是什么?

一位文化企业的管理者说:朋友是座山。这位文化企业的管理者生在农村,成长在一家国有企业,多年坚持业余诗歌创作,后来辞职下海经营了一家文化公司。他说,在他危难之时不少朋友伸出友谊的手,帮助他走上文化舞台。创业中,他遭遇过坎坷,经历过艰辛,但是走过来了,而且成功了。他很感谢他的朋友在关键时刻给予的支持和帮助,给予他信心、智慧和勇气。朋友对他来说,很重要,所以他说"朋友是座山"。

几年前,我在一张报纸上看到一篇文章,题目是《朋友是用来想的》。我就纳闷了,朋友怎么就是"用来想的"呢?这位作者说他很重视朋友,很重视朋友之间的友谊,他视友情和亲情一样重要,因为他有许多朋友,所以

人生自有乐处

他一直不觉得孤单。遇到困难、碰到问题，他都会向朋友倾诉，和朋友交流，听取朋友的意见和建议，争取朋友的帮助，这样问题就容易解决，困难也好克服，所以就有了这样一个结论：好朋友就是烦恼的时候用来想的。

这观点有人反对，反对的人说："作为真正的朋友不只是用来想的，而是用来倾诉和彼此依靠的。"他提醒大家千万不要天真地认为朋友可以永远用来倾诉和彼此依靠，当朋友不再给你一只耳朵来倾听你的快乐和伤悲，当朋友不能在你需要依靠的时候给你一个肩膀，当朋友只能用来惦念，那这样的朋友就失去真正朋友的意义了。

后来，我读了著名作家贾平凹先生一篇名为《朋友》的文章，贾先生这样说：朋友是磁石吸来的铁片儿、钉子、螺丝帽和小别针，只要愿意，从俗世上的任何尘土里都能吸来。现在，街上的小青年有江湖义气，喜欢把朋友关系叫"铁哥们儿"，第一次听到这么说，以为是铁焊了那种牢不可破，但一想，磁石吸的就是关于铁的东西呀。这些东西，有的用力甩甩就掉了，有的怎么也甩不掉，可你没了磁性它们就全没有喽！昨天夜里，端了盆热水在凉台上洗脚，天上一个月亮，水盆也有一个月亮，突然想到这就是朋友么。

好一个贾平凹，寥寥数语就把这个"朋友"说透彻了，贾先生可真是悟出了"朋友"的真谛了！贾先生关于

第三辑 生命·回声

"朋友"的概念是准确的,定义是正确的,对"朋友"关系的认识、处理也极其生动、形象、具体。一生中,每个人都会有许多朋友,小时候有小朋友,长大了有大朋友,老了有老朋友,上学了有学生朋友,工作了有同事朋友,与社会联系有社会朋友。每一个阶段有每一个阶段的朋友,与老朋友分别了,又结识了新的朋友,所以有歌这么唱:"结识新朋友,不忘老朋友,让我们永远是朋友"。朋友总会有,但不一定一直是张三,在这个地方你与张三是朋友,换个地方就有可能与李四是朋友,不是你不想再和张三交朋友了,而是因为张三不再和你在一个地方居住或者不在一个单位工作。这样就有了老朋友和新朋友之说,也就有了阶段性朋友之分。可是,有的朋友许多年不见面,不见面是朋友,再见面依然是朋友;有的人可能不在一处、一地、一个单位时,朋友关系也就到此结束了。也有,即使是在一地、一处、一单位工作或生活,朋友的关系也会变,这其中有朋友的原因,也有自己的原因,也如贾先生所言,有"甩不掉"的朋友,也有自身"磁性"不足,吸引不来朋友的问题。后者,有些是自身的原因,有些则是自身不能克服的原因,比如说,不可预见的天灾人祸,发生了变化等等。

近些年,不断有交友不慎的教训案例见诸媒体,这说明人们对交朋友、处朋友比以往更加重视。如何交朋友

确实成了一个值得思考的问题。人，一生中不可能不交朋友，人是具有社会属性的。

如何才能交好朋友呢？首先，要认准朋友，弄清他的过去和现在，从事实上认定他就是要交的朋友。其次，朋友要以心换心。跟人交朋友得用自己的"心"去换取别人的信任，使对方知道你是他的好朋友、真朋友、贴心人，他才能无顾忌地把"心"献给你，从而达到"以心换心"，成为心心相印的好朋友。倘若对人假仁假义、口是心非、当面一套、背后一套，甚至口蜜腹剑，这种人就不会交上真朋友，更谈不上交上好的更多的朋友。就好比一个推销员上门搞推销，他推销的首先应该是他自己，然后才是产品。因为顾客在接受了他这个人之后，才会花钱去购买他的产品。交朋友的道理其实是一样的。第三，朋友要有包容、宽容的心，能正确对待朋友的缺点和不足。世界上没有完全相同的人，没有性格脾气、思想观点完全一致的人，也没有无缺点的人。歌德说："一棵树上是很难找到两片形状完全一样的叶子的。"所以，对朋友也要"求大同，存小异""原则不误，小事马虎"。朋友之间的意见分歧，即使受了冤枉，也要宽容大度。有矛盾，可通过谈心交流，达到和解的目的。第四，朋友之间也要讲献爱心、做贡献。不要老想着去改变人，要靠自己的言行影响人，也要尊重人。第五，朋友要讲原则，做到原则问

第三辑 生命·回声

题不让步。对朋友的错误绝不能姑息迁就,任其发展,该反对的反对,该制止的制止。

朋友是相互的,必须相信对方,以诚相待,一切友谊都是建立在信任之上。交友应该注意什么,还要看你交怎样的朋友,不同朋友注意点肯定不一样。选择朋友并没有固定的方式,适合自己的,能和自己相处融洽就最好。

人生自有来处

[祖父语录]

祖父是农民,他"面向土地,背朝天",终生行走在风里、雨里,和土坷垃打了一辈子交道。农忙时,他在田里、场间辛苦劳作,农闲时,他进山砍竹子、背木头,或者走村穿巷卖粽子、卖针线,做些小买卖,换点儿零花钱,一年四季没有闲的时候。生活在他的手上结满了老茧,把他的腰累成了一张弓。

祖父性格木讷,话也少,他斗大的字识不了几个,可是常常语出惊人,他说的许多话我不仅记住了,而且一直遵照执行。

祖父说的最多的话是"眼大心实,胆小勤谨"这八个字,自打我记事起,祖父就这么说,并且一有机会就讲其中意思,要求我记住、照着做。小时候我不甚理解,几次和祖父拌嘴,祖父生气了,一字一句对我说:"眼大"就

第三辑　生命·回声

是要视野大，心胸大，要站得高、看得远；"心实"就是做人要诚实，做事要踏实，待人要实在；"胆小"是遇事要谨慎，要三思而后行，要深思熟虑，绝不可莽撞行事、大胆妄为；"勤谨"就是要勤勉、要勤快，不能懒惰，不能吊儿郎当、游手好闲，要谦虚、谨慎，不能狂妄自大、骄傲自满。要尊敬老人，爱护晚辈。祖父的这八个字，我小时候就记得清清楚楚，并且在祖父的目光和巴掌下认真执行，以致形成自觉的习惯。长大后，虽然祖父不在身边，可是他的目光一直盯着我的后背，如雷的声音也在耳畔轰鸣，使我不敢有丝毫懈怠和马虎。回顾我的大半生，这八个字就是我行动的准则、做人的原则，也许取得的那些微不足道的成绩，就是因了对这八个字的理解和执行。

　　祖父教我们如何处理亲戚朋友关系时，常说："人家

人生自有亲处

妈生日你不去,你妈生日就你姨。"意思是:人家母亲过生日,你如果不去,你母亲生日那天,来的人也只有你母亲的姐姐、妹妹了。要我们注意和亲戚朋友的来往交流,大家要互相关心、互相帮助、互相支持。关心、帮助别人就是关心、帮助自己。在处理这些关系的时候,祖父还有一句话,叫"淡淡长流水,滟滟不长远。"意思是说,人与人之间不能距离太近,也不能太远,处得太近容易发生矛盾,保持相应距离,友谊就会长存。我不解其中意思,祖父指着古庙旁的一池溪水对我说:"你看,这池水已经几千年了,虽然不大,但一直流着。"

祖父教育我们自强、自立,常说:"指亲亲,靠邻邻,耽搁你的好时辰。"意思就是说,你如果遇事依赖别人,依赖别人的帮助、支持,那就会失去有利的时机、最佳的机会,就会影响你的发展。他要求我们自立、自强,要提高独立思考问题、分析问题、处理问题的能力,以应付各种突如其来的状况和随时有可能发生的变化。

祖父经常对我们兄弟说,人不怕犯错误,就怕错了不承认、错了不知道改、不及时去改,他说:"小了不补,大了尺五。"意思是说,对小的错误要及时改正,对小的失误要及时纠正,有错误、失误如果不及时改正纠正就会带来大的损失,"亡羊补牢,未为晚也"。

祖父教育我们光明磊落、一身正气,不要想着沾别人

第三辑 生命·回声

的光,不要贪图小利,不要占别人便宜,他还常说:"拿人家的手软,吃人家的嘴软。""不要眼大吃了眼小的亏。"并且举周围人的例子,说明自己的观点,要我们吸取别人的经验和教训,本本分分做人,认认真真做事,平平凡凡过日子。

一次,和祖父到纺织城换大米,意外地看到一群人在追小偷,小偷是从公交车上跑下来的,追的人都是乘客。小偷跑得飞快,却被迎面而来的警察抓住了,追赶的乘客蜂拥而上,接着就是一阵拳打脚踢。祖父对我说:"这小偷今天要偷到东西了,就能吃香的喝辣的;抓住了就是这么个结果,打了不说,还要被警察抓去坐监狱。"他说,做人绝不能干违反原则的事情,更不能违法乱纪,不是自己的东西就不要拿,拿了就没有好结果!你看这个偷人的贼娃子,现在谁也救不了他,"不要看贼吃饭,要看贼挨打啊!"

一天,在稻田除草,祖父指着稻子和稗子让我辨认,我知道昂着头的是稗子,低着脑袋的是稻子。祖父说:"你看那些有知识、有学问的人,人家都很谦虚;而那些一瓶子不响、半瓶子晃荡的人,总是一副骄傲的样子。就跟这稻子、稗子一样,稻子颗粒饱满、果实累累,人家还低着头,你看这稗子,没有果实头还扬的这么高。"祖父叹了一口气,又说:"自看自低,到底不低;自看自高,

到底不高。"邻居有个叔叔是交通大学的研究生,至今回到农村都非常谦虚,待人非常有礼貌。祖父一直以这位叔叔为例,对我进行教育。所以,交大一直是我渴望上的学校,可惜生不逢时,没有这样机会,这也是我这一生最后悔的事情。

  小时候我对祖父的意见比较大,一段时间还有抵触情绪,因为祖父脾气暴躁,我经常挨打受罚,现在回想起来,祖父的这些话对我的成长和进步是有很大帮助的。祖父的话是正确的,也重要,可是祖父是农民,是大字不识几个的农民,他的话能叫语录吗?我真不知道。但是我知道,祖父说的这些话不一定是祖父说的,有些可能是祖父的长辈说给他的,有的可能是其他的农民说的,但有一点,这些都是祖父认可并践行的,所以我把这些话也叫语录,因为它多年一直指导着我的思想和实践,我很喜欢。

第三辑　生命·回声

〔 说甜蜜 〕

甜，在我童年记忆中就是糖，是世界上最好吃的东西。那时候只知道糖甜，因为压根儿就没见过蜜，而一毛钱买十颗的硬块儿水果糖也只有在逢年过节时才吃得到。在那个物质极度匮乏的年代，人们的肚子都难以填饱，糖确实是稀罕物、奢侈品。常见孩子们，特别是小女孩儿，一颗水果糖要分几次吃，放进口中含一会儿，然后小心翼翼地用纸包好，过一阵儿再打开放进口中再含，千万不能用牙去咬，那种吃法就太浪费了。不少女孩子还收藏糖纸，有的夹在书中，有的贴在家中的窗户或者墙壁上，下午放学后，也常三个一伙五个一群的围在一起，喊着锤、包、剪赢糖纸玩儿。

那时候，城镇居民每月才发半斤糖票，农村在国庆节、春节时才发，可怜巴巴的一点儿黄砂糖基本上都给了

人生自有来处

老人和孩子。缺少什么时才会想什么，缺糖，对糖的渴望就如同思念一样在加深并与日俱增。那时候有一种叫糖精的，现在早已经找不到这种东西了，那时却到处都是，虽然人都知道吃这玩意儿对身体有害，可是家家户户都在用，或拌在水里喝，或放在豆馅儿里包包子吃，特别是农村过红白喜事儿，米酒里是绝对少不了糖精的。那时候，我总在想，要是每天有一个软馒头夹白糖吃，我那就心满意足了。这个愿望终于在上世纪70年代末期实现了。那年，我在西安市电话局当线务员，属外勤工作，单位给我们发防暑降温品，一下就发了十斤白砂糖，这突如其来的好事儿一下把我喜晕了。从此以后，我每天早上都是一个软馒头加白糖，再喝一大杯青茶，那种感觉可真是幸福啊！后来，糖果也渐渐多了，各种水果糖、牛奶糖、口香糖、外国进口的糖，还有叫不上名字的糖，在大商场、小店铺里展示着，花花绿绿，色彩斑斓。

也是在不知不觉中，忽然发现人们对糖越来越淡漠，生活中甚至很少有人提及糖，只是逢年过节买上一两斤作个摆设。上个月一位老同志的儿子结婚，因我外出开会未参加婚礼，他就送来一包瓜子儿和糖给我，我把它放在茶几上，让来的同事吃。结果瓜子儿很快就没了，糖却一块也没动。一位小同事悄悄提醒我："这年代谁还吃糖呢？你就不要让人家了！"我一想，还真是，现在谁还

第三辑 生命·回声

吃糖呢？你看看周围的人，不但自己不吃糖，也不让孩子们吃，有的人甚至躲避糖、恐惧糖，他们认为现在许多人患的高血压、高血糖、糖尿病都与吃糖有关系，糖在他们眼里简直就是罪魁祸首。"饮食低盐、低油、低糖，要清淡"一时间成了社会上流行的一句话，不吃糖也就成了一种趋势和时尚。于是，市面上不带糖的点心、酸奶、饮料就越来越多，各种果酒也不得不脱去糖汁，酒店里干红、干白骄傲地昂着头颅挺着胸，而原汁原味的果酒在墙角也很难找到。甜的味道已不招人喜欢，不招人待见了，而清淡之味仿佛妙龄女子备受人们青睐和喜爱。斗转星移，日月转换，时代是不同了，我真为糖果感到悲哀，原本是人类一大欲望的甜，竟然在我们国家的城镇里这样不受欢迎了。

过去，我常听人说远离战争、远离灾难、远离邪恶，现在要不要说一个远离甜蜜呢？

[人有根]

和同事常去医院看望因病在床的朱，返回的路上，常感叹人生无常，临了说了一句：人无根，太脆弱了！

我的祖父却在许多年前告诉我，他说人有根，人的根就是他的儿孙们。许多年前我看《祝福》，贺老六患重病在弥留之际放心不下儿子阿毛，贺老六的哥哥贺老大劝弟弟时有一段这样唱道："阿毛是贺家的根苗你把心放，都是老大的亲儿郎。只要留得青山在，不怕烧柴受煎熬。"贺老大说阿毛是贺家的根苗，就是说阿毛是贺老六的根。

著名文化学者萧云儒先生在《无根》一文中认定故乡是自己的根。萧云儒先生"祖籍四川，在江西生长，去北京求学，最后落脚在陕西……"每当他和朋友在一起谈各人来龙去脉时，"那种无根的感觉便分外强烈"。他清楚"生活在动荡的现代社会，流动是正常的，无根是正常

第三辑 生命·回声

的",但他还是非常思念生他养他的故土,1972年初秋,他终于有机会回到了原籍四川广安岳池,圆了他多年的思乡寻根梦。萧云儒先生懂得"多维实践能力和多维文化底蕴构成了现代人真正的优势,却仍然承受不了无根的漂浮失落和孤独无助,承受不了无根的社会压力和道德重负,承受不了无根造成的那种永难愈合的心灵创伤"。萧先生说"无根的现代人才越是需要土地,背井离乡的现代人才越是渴求家园啊!"从萧云儒先生这篇美文中,我们完全可以看出他对"根"的那份真挚情感,故乡是根,故土是根,游子和根血肉相连,密不可分啊!

著名作家贾平凹先生说土地就是他的根。贾平凹在《在这块土地上》中这样说过,我是一颗奇异的种子,长在这块土地上;这块土地便是属于我的了:我的日,我的

人生自有来处

月,我的山的力量,河的通达,海的气度和魂魄……喔,多么大的一块土地啊,也赋予了我的宏伟吗?我是有了槐树一样的根了,伸进到哪个地方,就在那里萌发崛生;我是有了榕树一样的枝了,求索到哪个空间,就在那里垂地扎根;我是有蒲公英一样的花了,飞扬到哪个方向,就在那里繁衍子孙。当然,他说的"土地",一定是文学创作上的"土地"。但是,贾平凹先生如此重视土地、热爱土地、迷恋土地,足以说明土地对他的重要性。也正是他对土地的崇敬、热爱才取得了那么骄人的成就,这也许就是土地对他的馈赠。

不管祖父认为子孙是人的根,萧云儒先生认定故乡是根,还是贾平凹先生视土地为根,我觉得他们只讲了一个方面,或者是从某一个角度去看问题,他们讲得深、讲得透,肯定是有道理的。我以为,如果把普通人比作一棵树,树身是人体,根就应该是健康,人只有健康了,才会有强盛的生命,人才能活在世界上。知识、文化、修养,这些应是树的冠,树靠树冠吸纳养分,丰富和发展自己,养分非常重要。相比之下,根是最重要的。

第三辑 生命·回声

「 为自己鼓掌 」

记得有一次到朋友家做客,他两岁多的女儿见来了这么多客人,高兴得又是唱又是跳,结果摔倒在地上。我们正要上前去扶,她一撅小屁股爬了起来,还没等我们鼓掌,她自己先拍起手来。

生活中,每个人都渴望得到别人赞赏,希望赢得别人的喝彩和掌声。可是为自己鼓掌的却很少见,特别是成年人。也许是不好意思,也许是为了显示其谦虚或成熟,也许是因为我们传统的习惯,为别人鼓起掌来不怕手心痛麻,为自己鼓掌手却不听使唤。

我曾为自己鼓过掌。那是90年代初的一个秋天,我的第一篇小说发表在一家省级刊物上,同时又宣布被评为本次竞赛二等奖。我激动得难以自持,禁不住拍起手来,当我从幸福的陶醉中清醒过来时,方才意识到自

己的举动是一种失态的表现,于是忙环顾四周,到确切认定无人注意我时,一颗慌乱的心总算平静了下来。一阵脸红过后,我忽然感到了骄傲,因为我为自己鼓了一次掌。

不久我发现了第二个为自己鼓掌的人。那日,我去医院看望住院的昔日同窗,她多年患严重心脏病,为此曾施行过两次手术,可是,没有想到她一边住院一边坚持参加函授学习,竟完成了专科全部课程,而且取得了优异的成绩。当我向她表示祝贺时,她很平静地告诉我,"每学完一门课程,我都悄悄地为自己鼓掌,就是凭着这点儿力量支撑,我才完成了学业。"很难想象,我的这位昔日同窗在此过程中付出了多大的代价,做出了何等艰苦的努力。我为她的精神所感动,同时也发现了为自己鼓掌的魅力。望着她那张瘦削苍白的脸庞,咀嚼着她的话,我听见我的心底也响起好一阵掌声。为她,也为生活中所有勇敢的人。

人生的路是漫长的,辉煌灿烂的,不但有掌声,而且有鲜花。痛苦无助,孤立无援的时候,需要别人鼓掌、喝彩时,却难以享受这种待遇。那么,我们为什么不为自己鼓掌喝彩呢?这位昔日同窗的一席话,终于使我发现人们都曾为自己鼓过掌,只是这掌声发自内心的底层。为自己

第三辑 生命·回声

鼓掌,不是在成功的时候,而是在遇到挫折需要振奋精神的时候。为自己鼓掌,不是为了值得回忆的过去,而是为了一个不可预知的明天。

「 说乡路 」

不知从哪一年哪一月哪一天开始,也不知是哪一代哪一辈哪一个勇敢者踏出了第一步,抡起了第一把挖土的工具,砍下了第一棵荆棘,垒出了第一个台阶,从此这座山塬就有了路,这座无数层黄土堆积起来的庞然巨体就有了血脉、有了生机,就长出了皱纹,刻下了年轮,留下了记忆。

第一次看到这山坡,第一次踏上这山路,谁也不敢相信这七八十度坡度的羊肠小路竟有人可以肩挑重物行走。只有生活在这里的人知道,几千年了,他们的祖先就居住在这里、生活在这里,每天都走在这山路上,每天都在这山坡路上辛勤劳作。

这就是我的故乡,在山塬的侧面,有许许多多这样的小路。

走在这些山路上的,曾是故乡的先辈和现在故乡的

第三辑 生命·回声

亲人们。秋天,他们把种子撒在山坡上,祈祷来年有个好收成。冬季,他们挑着粪担上坡送肥,汗水在脸上弥漫成水蒸气,眉毛上也挂了霜花。春天,他们在庄稼地里拔草锄地,企盼着粮食有个好收成。夏季,他们挑着沉甸甸的麦子下坡,汗水湿透了衣衫,每个人的背上都画了图案。肩膀被扁担磨出了一层层厚茧,石子磨破了一双双百层鞋底,岁月的煎熬使他们驼了背,生活的重负压弯了他们的腰。

活着,他们终年在山路上奔走,在山坡上劳作,肩挑着日子的需要,放飞着单纯的理想、信念,追赶着心中的太阳。死后,他们的子孙在山坡向阳的地方挖一土坑,就像死者曾埋葬他们的父辈一样,在一阵阵哀哀的哭声中把他们掩埋在这块贫瘠的热土上,让他们长眠在这里,看子

孙的成长和这里的变化。于是,山路旁就有了一个个黄土堆,清明时节的山路上就撒满了白色的纸钱。

这山路,唱过我童年的歌谣,响过我牧羊的皮鞭,撞烂过我打柴的柴筐,摔破过我稚嫩的膝盖。

这山路,流过我心酸的泪滴,洒过我辛苦的汗水,走过我攀登的脚步,有过我欣慰的微笑。

离开家乡已经30多年了,故乡的山路还是那么高那么窄那么长那么陡。

我的头发已经花白了,故乡的山路它还年轻着,路旁的草还那么绿,坡塄上的花还是那样红。

沙石铺出宽敞笔直的公路时,山坡的小路没有变化,如今水泥路都修到村头了,山坡的小路还依然存在着。

故乡的小路,古老又年轻的小路,你是我的起点,我从你的脚下出发;你是我的归宿,我终究要回到你的身旁。我永远走在你的身上,你永远都在我的心头。

第三辑 生命·回声

「 说乡土 」

周末,我和乡根到城外郊游,一路上说的都是土地。他说,以前出了城就是大片农田,有庄稼,有蔬菜,还有水车、牛羊,现在没有了,到处都是钢筋水泥筑起的高楼,一座连着一座,一片连着一片,都建设到终南山下了。终南山离西安市约三四十公里路,你算算,那么多的土地被征去搞开发,土地没有了,粮食在什么地方生长?农民靠什么生存?

我和乡根是同乡,又是同学,有同样的生活经历,我们对土地也同样有着深厚的感情,对粮食有着深刻的记忆。少年时期,逢着自然灾害,有一段时间黑面杂粮都吃不上,野菜、树叶、树皮、豆渣、油渣也成了充饥之物。每天上完课,放下书包就提起了菜篮子,到处跑着挖野菜。上中学时住校,隔两天就要回家取一次干粮,全家人

忍饥挨饿省下粮食给我吃,就那样还总感觉吃不饱,好像一天到晚都饿着,更不敢奢望有肉吃,只要每天有馍吃就高兴得翻跟斗了。

我的祖父是地地道道的农民,对土地的热爱远远超过了他对自己生命的热爱,他常说的一句话是"金疙瘩,银疙瘩,不如地上的土疙瘩"。我出生那年,正赶上生产队分自留地,他为了多分一分四厘自留地,硬是吵着闹着把我的城镇户口转到了农村,我上高中往学校转户口时遇到了困难,他老人家还不承认自己做的有什么不合适。那年头,农村户口和城镇户口有着天壤之别,这是人们所公认的,祖父却说:"自古富山饿城,城里有什么?你看咱这土地,瞎好长点东西都能填饱你的肚子!"祖父说的没有错,虽然我们吃不饱,但毕竟还有吃的,正是这些土地上长的东西使我们克服困难走出了困境,最终挺了过来。因为有土地,有实实在在的土地,粮食就会长出来,有粮食我们就不会被饿死。

但是,现在不敢轻易说这个话了,因为土地上长的不是庄稼,是高楼是大厦,是点缀这些高楼大厦的绿树、红花、青草。

粮食这东西,不缺它的时候,到处都是,可一旦遇到灾年,挖老鼠洞也挖不出一粒小麦半颗大豆来。缺粮吃

第三辑 生命·回声

的那些年,我们每年秋天都挖老鼠洞,挖出的都是秕谷衰草。近些年回故乡,见家家户户吃的面粉都比城里的白,那些玉米面全部用去喂了牛羊和鸡鸭,全村几乎都搬了家,一幢幢新房子盖在生产用地上,那些拆得只剩下破墙烂瓦的老庄地全都荒废,既不能种庄稼,也不能再住人,真的成了一片废地。

我和乡根在一处居民小区走访了几户人家,从他们的家庭摆设和成员穿戴,一点也看不出曾经和现在都是农民,而且每家的主人手中都拿着手机,言谈中他们也流露出了对卖地的不满和无地以后如何生活的担忧。但是他们眼前是高兴的,因为每一户都有钱花,每一个人,特别是年轻人都为不用再干农活儿而高兴。面对这群人对土地的冷漠,我和乡根的心里都觉得不是滋味。

返回的路上,我们俩一直没说话,分手时乡根忽然问我:"你还记得你爷爷说的那句话吗?"

我说记得。

"你能再念一遍吗?"

"要命的就是这把土!"

乡根使劲拍了我肩膀一下,说:"对!就是这句!"

祖父离开这个世界已经20多年了,没想到他的两个孙子辈的人还在背诵他的"语录",他应该高兴,他一定

会高兴。但是,决不能让他知道他那个时候的土地现在已经不是昔日的模样了,他要是知道,肯定会吹胡子、瞪眼睛,跳着脚骂娘的。尽管没有用。

第三辑 生命·回声

「 说荠菜 」

在菜市场上看到荠菜的那一刻,我的思绪很快被牵到了遥远的过去。

那是每一个过来人都知道的困难时期,春节过后不久,乡下人就没有白米细面可食用了,一些人家甚至找把米下锅都十分困难。为了度过这段青黄不接的日子,填饱一家大小的辘辘饥肠,几乎所有农村妇女每天都提着篮子奔走在田间、地头、坡上、河旁,挖那些麦萍儿、苦茼茼、白根儿、荠菜、水芹菜,然后带回家或煮,或拌点儿黑面麸子给全家人食用。

这些野菜中最好的当数荠菜了。荠菜有两种,我们把一种叶子呈勺子状的叫"芍芍菜",把另一种叶子很像锯齿的叫"花荠菜",这两种荠菜生吃都有点辣呛味儿,做熟后食用味道清香可口,十分讨人喜爱。

人生自有乐处

那时候的农村孩子，放学后的任务也是挖野菜，有不少孩子因贪玩误了挖野菜受到家长惩罚。当时，陕西有一出叫《梁秋燕》的眉户剧，在全国很有影响，讲的是一对年轻人反对包办婚姻，争取婚姻自由的故事。女主人公梁秋燕唱的最好的一段唱腔是："手提上竹篮篮，又拿上铁铲铲，慰劳军属，把呀把菜挖……"讲的就是挖野菜的事儿。因为梁秋燕为军属挖菜，还因为梁秋燕是农村男女青年的偶像，所以挖菜这一段唱词几乎在陕西关中一带家喻户晓，大人小孩都会唱。我一直认为，其效果与挖野菜的场景、情节有直接关系。

那时候，老人们也经常给我们讲王宝钏挖荠菜、吃荠菜等丈夫打仗胜利归来的故事。这故事来自一出古典戏剧《五典坡》，说的是唐朝王相府的三姑娘王宝钏在长安城内抛绣球选女婿，结果绣球被一个叫薛平贵的青年得到。由于薛平贵出身贫穷，所以王宝钏与薛平贵的婚姻遭到王相爷的坚决反对。王宝钏为争取婚姻自由和幸福，执意不遵从父令，结果被王相爷赶出家门。无处可去的王宝钏出了长安城，来到城南一个叫五典坡的破窑洞里，靠挖荠菜、吃荠菜度过了18个春秋，终于与被征从军的心爱之人团聚。老人们讲得很玄乎，说王宝钏吃荠菜把脸和肚皮都吃绿了。因为王宝钏不嫌贫爱富，对爱情忠贞如一，所以这个故事一直在民间广为流传。细想，王宝钏靠什么坚持

第三辑 生命·回声

了18年呢？首先应该是爱情的力量，其次功劳就属于荠菜了。爱情力量再伟大，如果没有荠菜填肚子，那王宝钏无论如何是坚持不下来的。这出剧在宣传爱情的同时也为荠菜做了广告宣传，足可见人们对荠菜的喜爱。

长大后读南宋词人辛弃疾的词，其中有描写荠菜的，记得是："城中桃李愁风雨，春在溪头荠菜花"。把荠菜写得妙趣横生，也把荠菜超乎寻常的生命力完美地展现了出来。

古代人爱荠菜，现代人爱荠菜；农村人爱荠菜，城市人爱荠菜；千金小姐爱荠菜，乡下村姑爱荠菜，细想，这些爱却是有所不同的。有些人吃荠菜是图新鲜，是换口味儿，是要吃得环保，吃绿色食品。有些人吃荠菜是为生存，为活命。虽然说时代不同了，这种事实还是应该承认。所以说，不同人与荠菜的感情也是不同的。

有人说荠菜包饺子好吃，有人说荠菜生拌着好吃，有人说吃荠菜拌上豆腐、粉条、鸡蛋，再加上葱、姜末、花生油和各种调料特别好吃，我却认为煮在清水中的荠菜最好吃，因为，我看见荠菜就想起了那个时代和那个时代的乡下人。

[五十大话]

窗外那棵杨树上的叶子落光了的时候,我的生日就来到了。

往年是记不住这个日子的,今年我早早在日历上画了两个圈儿,因为从这个日子开始我就是"知天命"的年纪了。那天我乘公共汽车去办事,同排坐着位抱孩子的年轻妇女,那孩子正学说话,刚与我对视,就极卖力地喊了一声"爷爷"。我看了看周围,未发现有比我年龄更大的人,显然这活泼可爱的小家伙是在叫我,我愣了一下才反应过来,脸不自觉地红了。小儿口中吐真言,从未感觉到年龄大的我,忽然间竟进入了老人行列,而自己还不知道。

下班后去一家小理发店,理发师傅是位陇西的年轻人,地方口音很重,他一边给我洗头,一边劝我染发,我

第三辑 生命·回声

说我从未染过发,他说现在社会发展了,人们都讲究了,也不在乎几元几角小钱了,你老人家也该把自己打扮得年轻些。我问他我是不是已经很老了,他没有正面回答我,却说把发一染就年轻了。我心情极复杂地告诉他,说我今天不染发,而且以后永远不染发,年轻人摇了摇头,笑了。我想我当时的态度一定很不好,因为直到我理完发那年轻人也再没说一句话。

  人们常说,"人生如梦,转眼就是百年""弹指一挥间",就是这"弹指一挥间",我变老了。戴红领巾,背书包上学,好像还是发生在昨天的事情,小孩子忽然喊我"爷爷"了,理发师傅不停地叫我"老人家",岁月不饶人啊!时值冬初,接连下了两场雪,天气一下变得很冷,我独自走在铺满树叶的马路上,身体内外都觉得凉飕飕

的,身旁的大街小巷、高楼平房、花草树木忽然间也陌生起来。

在此之前,我一直认为自己不算老,一颗年轻的心还能够把自己的身体撑得饱满而有棱角,而且干什么事情总是不服输,即使身体有病时也没有躺下来,此时此刻,我对自己平时的自信开始怀疑了。回到家中对着镜子仔细瞧,果然两鬓已经花白,额头上的皱纹、眼角的皱纹多了,也深了,再看看脸部和脖子上松弛的皮肉,一个严峻的现实告诉我:老了。这是事实,不承认也不行。可是,心中就有了许多感慨,习惯性地拿起笔,拿起笔却找不见了老花镜,找来了老花镜却一时不知如何下笔。50了,该写些什么呢?静静地坐在写字台前,心中竟泛起一阵酸楚来。

50年,半个世纪,多少个日日夜夜啊!吃过多少饭,走过多少路,见过多少人,经过多少事情,一时是数不清了,闭上眼睛粗略地回忆,一幕幕却电影似的从眼前漂浮而过。粗茶淡饭,山珍海味;粗衣布衫,绫罗绸缎……经历了,见识了,领略了,品尝了,那些用汗水、泪水和教训换来的精神财富也足够多了。可是天性愚钝又极缺悟性的我,时至今日似乎才明白了一些道理,这些道理对我来说,或许就是人们常说的"五十而知天命"吧!

何谓"知天命"?我的理解是知我命,天授我之命。

第三辑　生命·回声

　　50岁了,才知道在爱别人的时候要留些爱给自己。过去总是忙着爱国家,爱集体,爱父母,爱兄弟姐妹,爱同志,爱一切应该爱的人和事物,可是谁又来爱你呢?身体是本钱,没了身体也就没了爱的本钱,没了本钱拿什么去爱呢?道理浅显易懂,却不知道也从未认真想过。现在意识到了,高血压、高血脂、脂肪肝、颈椎增生、心脏供血不足,还有许多的病都已经光临了,怎么赶也不走。

　　50岁了,才感觉到什么叫心有余而力不足。年轻时,或工作或写作三天两夜不合眼,打个盹儿,擦把脸,一碗粘面或羊肉泡馍下肚,精神马上就恢复了。如今晚上熬个夜,第二天早上就很难按时起床,即使挣扎着爬起来,眼肿、脸肿与脚肿,甚至早上上班也有可能打瞌睡。想干的事情很多很多,却常因精力不济一推再推。

　　50岁了,才明白这世界很大很大,能人很多很多,知识很深很深,自己仅为沧海之一粟,必须提着劲儿去应对、学习、工作,特别是做人,马虎不得,松懈不得。先做人后做事、坚守原则的信条始终不敢变。

　　50岁了,才弄清楚了,人活着最基本的要求是希望安宁度日,怒也可以放下,喜也可以放下,唯独爱不能放下,出门时什么行李都可以不带,唯有牵挂不能不带。每个人都有自己的日子,每个日子都是对自己的承诺,每个人都有自己的爱,因为爱才对生活充满着信心,因为爱才

活得有滋有味。也因为爱，人才活得那么累，那么辛苦。

　　50岁了，才终于算清了一笔账，人一生中付出多少就得到多少，做了多少就要承担多少，付出和得到永远成正比。

　　50岁了，才明白自己的命运需要自己去掌握。虽然两鬓已经花白，虽然皱纹已经改变了容貌，虽然手脚已经笨拙，虽然反应已经迟钝，虽然后面的日子已经不是很多，虽然……肯定还有很多虽然，但是明天的太阳依然从东方升起，明天的路依然需要自己去走，明天的一切依然需要自己去承担。昂起头颅挺起胸迈开大步往前走吧，老同志！这就是一个50岁的"老人"在自己的生日对自己的忠告。

第三辑 生命·回声

「 说说家里人 」

  从外地出差刚回到西安,我就走进了一家门诊部,大夫给我量了体温又让抽血化验,诊断的结果是病毒性感冒并且发高烧。

  躺在白色的病床上,注视着一滴滴液体流入我的血管,疲惫的心伴随着疲惫的躯体很快就进入了半睡眠状态。至今我尚未弄清当时是迷糊了还是昏过去了,直到护士为我换第二瓶液体时我才睁开眼睛。护士是位女孩子,很年轻,满脸堆着笑问我:"家里人呢?"我说:"休息了吧。"她满眼狐疑地望着我一笑走了。

  过了约十分钟,进来了位女大夫,年纪很大,头发已全白了,她是退休后返聘到这家诊所的,老人给我看过几次病,已经是熟人了。她走到我跟前摸了摸我的额头,问道:"要喝水吗?"老人的手使我想起了我早已去世的

人生自有来处

老祖母，心头一热，感觉眼眶有些湿润了，我摇了摇头说："谢谢！"老人出门了，走了两步又返过身来问我："家里人呢？"我不愿回答这个问题，但面对这位慈祥善良的老人又不能不回答，只好说："小病，用不着。"老人说："没有事，我随便问问，感觉不舒服时，叫护士，喊我都行。"回过头她又对小护士说了些要精心、要认真的话。

老人家走了，我的脑子突然一下清醒多了。看看手表发现时间已是第二天凌晨一点多了。没了睡意，思维就活跃起来了。

"家里人"这句话，最早是从书本和电影戏剧中看到和听到的，但真正对这句话有深刻的体会，是刚刚参加工作时在渭河岸边的一个农场里参加急训学习班，七八十个学员整整两个月不让休息，也不让回家。那时我还不满18岁，长那么大从来没有离开过家。每逢别人的父母哥哥姐姐来看望就十分羡慕。有一天，我正在搬石头，修整秧田，突然听见有人喊我，声音非常大："小周——家里来人了——"我扔下手中的活儿，没有动，但是眼泪已经不由自主地流出来了。来看我的是我的一位表叔，他是路过这里顺便来看我的，实际上我和这位表叔没有见过几次面，如果在大街上碰到还不一定能认出来，可是他的出现却使我在精神上获得了一种满足，以致过去了30多年仍然

第三辑 生命·回声

难以忘怀。

记得有位诗人写家时有这么几句:"饥饿时,家是一块面包;寒冷时,家是一件棉袄;刮风时,家是一座小屋;下雨时,家是一把雨伞。"这位诗人没什么名气,可是这几句对家极形象朴实的比喻我却很喜欢,因为他写出了人对家的基本印象和感觉。那"家里人"呢?我以为不仅包括自己的亲人,也应包括离自己最近、自己最离不开的人。也许你曾和这些"家里人"发生过矛盾,发生过不愉快,甚至发生过争吵,可是你一旦离开他们,或离开他们一段时间,你就时常会想起他们,想念他们。困难的时候,想起他们就会产生战胜困难的勇气;痛苦的时候,他们的一声问候、一个叮咛,你就会感到温暖,就会增加力量;在你绝望的时候,他们的一个声音或许就能把你从死亡的边沿上拉回来,不信,你可以静下心想一想,看是不是这样的。记得儿子上幼儿园那几年,因为工作忙,我接他的时间总比别人晚,好些回他都是眼眶里噙着眼泪埋怨我:"人家家里人早都来了,就你晚!"我很能理解他的心情,总是耐心向他解释或者是买个什么东西来安慰他。

这个夜晚我没有得到"家里人"的一声问候,更没有见到"家里人"的影子。当我走出这家诊所走向大街的时候,月亮把大地照得很亮很亮,可是这很亮很亮的光出奇的苍白。我知道,我的"家里人"早已进入了梦乡,或

许他们做的梦还是关于家里人的故事，我不知道。我只知道，生活中"家里人"固然重要，因为这里面饱含着亲情和恩情，充满着支撑精神和力量，但是生活中有很多路只能自己一个人走，很多问题都只能靠自己去解决，所以从这个夜晚开始，我对"家里人"的概念又有了新的理解，对自己也有了新的认识。

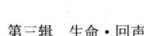

第三辑 生命·回声

[阳台风景]

家居住宅楼最高层，距城墙不足百米，虽夏季酷热难耐，电风扇通宵不能息，可是也有许多优点，特别是阳台，阳台并无特殊之处，只是因为楼高，又靠近古城墙，所以它就有了独自的特点。天气晴朗时，透过朗朗天空可遥望百里之外的终南山，虽淡远朦胧，可是在这古都名城里能看到远山淡影却是难得的。每每伫立在阳台上极目南望时，心情就非常愉快。那幽静的森林抚慰着我纷乱的思绪，那清澈的泉水滋润我干涩的肺腑、明亮着我的眼睛，那挺拔的山峰、刀刻斧凿般的崖石教导我对生活充满信心。每望一次远山，我都会发出这样的感叹：大自然太美了！

观赏远山是极好的事情，可是平时很难有这样的机会，不是因为上班，就是因为天气不好，那灰蒙蒙的不知

是灰尘还是云雾，总遮挡得你望不到远处。这样，我的目光大都停留在对面的城墙上。据说，这古城墙是当今世界上保存最完整的一座。物以稀为贵，前些年无人问津的城墙这些年却红火的要命，每天登城墙游览者络绎不绝，那些黄头发、蓝眼睛的外国人也经常光顾，上了城墙就哇哇乱叫，很是稀罕，恨不得扒几块砖瓦给他们扛回去。逢年过节，城墙上更是热闹非凡，不是灯展就是文艺活动。夏天，消夏舞会的灯光能照亮一座城。这一切，在我的印象中都是淡漠的，只是平时看到的几件事儿却刀刻般地储存在我的脑海里。

一日黄昏，一个头发花白的老头儿推着个白发苍苍的老太太在城墙上散步，老头儿推推停停，很耐心地给老太太讲着什么，老太太也不时地回过头和老头儿说着什么，不时有笑声传来。那种和谐，那种默契，我猜想一定是一对夫妻。可是我始终没弄清老头是怎样把行动不便的老太太推到城墙上去的，还有那辆轮椅。因为上城墙是要上台阶的，而且很高。

一日中午，我回家取东西，忽然听到窗外人声鼎沸，我疾步走上阳台，意外的是城墙上没有一人。我正在纳闷，上小学的儿子匆匆跑回家，一进门就对我说：有个阿姨跳城河了，脑袋摔破了，流了好多血。年轻女子跳城河？是因为家庭？学校？还是婚姻？不得而知。自那以后，我很长一段时间没去阳台，我怕眼前出现血淋淋的画面。

又是一个雨过天晴的日子，水洗过的天空出现了两道美丽的彩虹。抬眼望，远处的终南山山水画般地出现在我的视野里，巍峨峻秀、葱翠诱人，其清晰度是以往任何时候都没有的。凝目远视，我的心也融入了山中，竟忘记了自己在阳台上，直到儿子叫我吃饭，才反应过来。

还是一个星期天，我在阳台上看书，忽然一阵震耳的打夯机声从不远处传来，原来是城墙脚下一家单位又在搞基建，飞扬的尘土又使一片天空变灰了。我暗自祈祷，这将要拔地而起的楼千万不要盖得太高，或者偏离我的正前方，给我的诗也留出一条路来，让我常遥望南山，看见那一片绿色，那一缕生机。

「 月光,阳光 」

童年的夏夜,天空漆黑一团。

我问祖母:"月亮呢?"

祖母说:"叫天狗吃了。"

我问:"天上也有狗?"

祖母说:"地上有啥,天上就有啥。"

我想祖母肯定是对的,地上有狗,天上自然也会有狗。那个时候,我虽然是爱狗的,但我不喜欢天狗,好好的一个月亮,怎么就忍心吃下去,让明亮的世界漆黑成锅底呢?

上了学,才知道天上并没有什么天狗,就连月亮里的嫦娥、吴刚也是从古人们那里流传下来的神话传说。

"那月亮为什么有时候就看不见了?"同学们问。

老师说:"月亮也不是每个晚上都会有。"

第三辑 生命·回声

"那十五呢?也有看不见月亮的时候?"同学们还问。

老师说:"那是被乌云遮住了,月亮在云里面,所以我们大家看不见。"

那是一个秋天,我已过不惑之年,在陕北一座山上看一座庙,朋友说这里的签很灵,劝我也抽一支。

我说:"我从来不抽签,听说无事不抽签啊!"

朋友说:"抽吧,抽着玩,看到底灵不灵验。"

我手捧签筒一摇,一支签就落了地,签牌上显出四个字:乌云蔽月。

不解签中意,朋友说这里有他认识的人,让那高人解一下签。

我说:"那意思很明白,不用解。"

人生自有来处

朋友不相信，自己拿着签去了，回来后要告诉我那签上的意思。

我挡住了他的话，一直到现在也没听他讲。因为我记得天狗吃月亮的夜，也记得乌云遮蔽月亮的晚，自然也就能理解"乌云蔽月"的意思，我也知道面对这些唯一的方法还是坦然直面，淡然等待，因为我还相信"乌云遮不住，月亮会出来"这个真理。但是，我没有想到，有时候乌云还能较长时间地遮挡月亮的光芒。

有一天，我从书上看到一句话，大概意思是，如果上帝关上了你进出的门，肯定还会给你打开一扇窗户。

我想，上帝把你进出的门关上了，该不是留下一扇窗让你翻窗进出吧？

我问一位智商比我高的朋友。

高智商朋友说："门是让人们进出走动的，而窗是用来接收、享受阳光的。"

我问朋友进出重要，还是阳光重要。

朋友说："把你关进屋里出不去了，你说阳光重要不重要？"

我笨想：阳光对长期关在屋里的人自然重要啊，既是生理需要，更是心理必需啊！

这是个九月，金色的、收获的季节，地里长的、树上

第三辑 生命·回声

结的果实都熟了,没有阳光能有这一切吗?

秋风里,阳光下,我忽然明白了,虽然比较晚。欣喜的是,我也有收获。

去年六月,突然出现的耳鸣引发了身体的许多不适,一直到最近才有缓解;没有按时审验汽车驾驶执照,交通警察在他们管理的汽车驾驶员名单中删除了我的名字,我在同事和朋友的帮助下,整整花费了半年多时间,九月底终于领取了新的汽车驾驶证,还有比这些大的事情,不能说,但都是好事情。好事情自然高兴,是该笑一笑。

此时此刻,我站在九月最后一天的黄昏,望着这一天即将退尽的阳光,默默地说了一句:谢谢!

为了这"谢谢",我等了很长时间,说出"谢谢"两个字的时候,突然一股热流涌上眼眶。

不能忘记那些没有月光的日子,也永远记得九月晴朗的天空和灿烂的阳光。

老来看月,月亮上开满了桂花
凄风或者冷雨,忽然遁形
像从不曾遮挡过明月的光辉
记忆深处的火焰歌唱着青春岁月
他们在回望的路途上熊熊燃烧
灯影在树林间跌落

人生自有来处

低头行路者
早无须那一盏灯的虚名

又是秋天,无论季节或是岁月
都将金黄的谷穗火红的果子挂满
是谁关上了走路的大门
又将播洒阳光的窗户打开
许多年过去
命运之光一样泼洒
低头行路者未问前程

如何忘却那些隐藏了光辉的日子
灰色天幕上的星光微弱
夜深人静也或酒意微熏
亲爱的朋友,可敬的兄弟姐妹们
幸而那是我的笔尖在纸上行走的声音
我的双足和笔走过一样远的路程
微尘似的轻轻
为皎洁的月光
尽情曼舞一天一天向真心靠近

第三辑 生命·回声

[说炊烟]

在城市里住得久了,常常不由自主地想起乡村来。一想起乡村,故乡那丝丝缕缕的炊烟就在我的眼前浮现,于是就泛起了浓浓的思乡之情。

小时候,总以为天空中美丽的云彩是炊烟变的,祖母笑了,说不是。我问飘浮的炊烟飞到哪里去了。祖母很神秘地说,那是个魂儿,谁也不知道。我的祖母没读过书,虽然讲不出什么道理来,可是她从来不说谎话,所以后来很长时间,我都以为炊烟就是故乡的魂儿。

那时候,我每天最盼望的就是早点儿看见炊烟,因为,只要有炊烟就有饭吃,只要炊烟升起来,距离吃饭的时间就不远了。那一刻,我的口水不停地往下咽,肚子也咕咕地欢叫了。不知为什么,越是吃得多越是饿得快,越是饿得快,就越一门心思地想着要吃,好像人活在世

上唯一的事情就是吃饭。

那是个过来人永远也忘不掉的年月,多数人家的日子是困难的,许多人蜡黄的脸上都布满了忧愁。庄稼因为天旱缺雨不好好生长,田里的荠菜、苦苣苣、水芹菜、马刺槿、野苜蓿被挖完了,村庄里几乎没有了鸡鸣犬吠之声。这个时候,唯有袅袅飘升的炊烟给故乡添了些活力,使得沉默静寂的小乡村有了一点儿生气。

能使乡村天空飘动炊烟的是柴火,那时还没有听说谁在使用天然气、蜂窝煤、煤炭之类的燃料,也没有人用得起,家家户户烧的全是山坡上、田塄坎、河渠旁生长的蒿草、艾草、猫娃草、巴蔾藜、酸枣刺。大人们忙着给生产队干活,打柴捡禾的事全由孩子们承担,于是每天下午,满坡架岭都是孩子的身影。有一段时间,我们几个小伙伴最怕太阳落山的时候,一到黄昏就躲在麦场的麦垛旁,呆呆地望着家家户户的炊烟徐徐上升,因为,我们打的柴火总是不够第二天烧饭用,家长惩罚我们不是训斥就是巴掌。那个时候,我特别希望自己能马上变成孙悟空,把太阳拉住。而我最爱闻的也是炊烟味儿,那炊烟里有我们打的柴火味儿,更有诱人的饭菜香。

近些年,我经常回故乡,每当我看到山坡上、小路旁、河岸边一片片半人高的荒草时,心里总是有说不出的惋惜。这荒草也生不逢时啊,要是放到过去,能等到它们长这么高吗?

　　故乡变了,故乡的山山水水都变了,唯有故乡的炊烟没有变,它还是那么飘逸可爱,还是那样令人神往,还是那样让我魂牵梦萦。

「 盼雪 」

冬天,很难见一片蓝天,见太阳的机会也少,若哪一日有了太阳,隐匿在薄薄的云层后面,银色的圆盘散发着凉薄的光辉,猛一看让人以为月亮出来了。天空中多雾,后来又有了霾,这雾霾混沌在空气中,天地也分不清楚了。

气候持续干燥,感冒的人越来越多,开始是老人、小孩儿,后来年轻人也多了起来。大街上、小巷里的行人多数戴了口罩,口罩也不是过去白色纱布的简单款式,而是出现了许多新型口罩,新型口罩各种颜色和款式,可谓应有尽有。

北方历来"千里冰封,万里雪飘",冬天多是伴随风雪度过的,没了风雪就没了北方的豪放悲壮,没了北方的潇洒浪漫,没了北方的性格特征。

第三辑 生命·回声

于是,人们盼雪,盼一场大雪,把雾霾赶走,把感冒病毒赶走;把天空下蓝,把太阳下红,把云彩下白,把土地下滋润,把麦苗下青,把人们下精神,把北方下得像个北方!

谁知,人们越是期盼,老天爷越是没有下雪的意思,无论城市、农村都是一片混沌,甚至很久都不让太阳露出脸来。

这时候,我就会想起小时候在农村时的那些冬天,北风吹,雪花飘,鹅毛大雪漫天飞舞几天几夜不停歇,于是田野白了,村庄白了,山坡白了,小河结冰了,就连没了叶子的树也挂上了雪,到处都银装素裹,满是雪的世界。

庄户人家出不了远门,就坐在自家的热炕上讲古今,拉家常,谈农事,说闲话,脸上都是满足的笑容,因为下

雪，今年必是丰收年。农民一年忙到头，盼的就是这个，为的也是这个。孩子们趁大人们不注意就会跑到门外堆雪人，打雪仗，一个个也就成了雪人，结果常常被大人黑着脸，扯着嗓子喊回家。有调皮捣蛋不听话的，就会被揪着耳朵拉回去。天气是冰冷的，屋里是温暖的，日子是热乎的，虽然碗里盛着包谷糁子，手里拿着黑馒头，穿的是粗布衣服，可是温馨的环境愉悦着人们的心，滋润着人们的生活，一切都那么平和安详。

风住了，雪停了，阳光下，房顶上的积雪开始变薄，屋檐下挂上了冰凌，这个时候，孩子们就会用棍儿支起筛子捉麻雀，雪天麻雀无食可觅，饿极了就不顾一切，结果中了人的圈套。这时候，村道、公路又恢复了黑色，一切渐渐变成了原来的模样，而且比下雪前显得更加生动而可爱了。

大年初六早晨，一拉开窗帘就发现天空飘着雪花，推开窗户，一阵刺骨的寒风随着雪花就进了屋，我止不住打了个寒战，忽然就想起了老人们说的"干冬湿年"，意思是冬天若不下雪，春节必有大雪降落，这好像是自然界的规律，被我们的先辈总结成了经验，也许是无数好心人虔诚的祈祷，这个冬天70多天无有效降水，却在立春的第二天落雪了。据一家报纸报道，说这场雪是近50年入冬后最迟的初雪，是人工用了168枚火箭弹打下来的雪。翻阅这张

第三辑 生命·回声

报纸时,我才恍然大悟,这一切原来是人工所为,可喜的是,这版报纸还预报了本月中后期可能再次出现雨雪天,气温会有较大起伏,提醒市民注意防护。

呵,有雪就好!

出门走亲戚,但见世界一片银色,道旁玉树琼枝,连路面也成了白色,不少人拿着相机找雪景拍,还有一些人牵着或抱着孩子赏雪花,几个兴奋了的孩子甩开爸爸妈妈的手,自个儿去玩雪球,打雪仗,堆雪人儿,一个个脸上都绽放着开心的笑。

大年初六,我记住了这个日子,一场不大的雪结束了许多个污染天,成为马年以来古城空气质量最好的一天。

一位中年女士牵着小狗悠悠走过,嘴里却说:盼星星,盼月亮,盼走了雾霾,盼来了雪花。

这女士与我住一小区,平时不说话却认识,我说:好诗。

女士回头看我,迟疑地问:你在说我?

我点头说是。

女士笑了,说:我哪会写诗?

我说:你说的话比诗人写的诗还要好。

女士说:不敢,不敢,我就是盼下雪。

我笑着说:这雪就是大家盼来的呀!

[说雪]

这个冬天来得地道,全国几乎所有的地方都在下雪,再不见以前气象播报员嘴边挂着的所谓"暖冬"。大雪覆盖了山脉,封冻了河流,染白了城市和乡村,甚至有些城市的高速公路也因为大雪、暴雪被封闭了。

就是这个时候,我到了南昌。没想到,这里也正在飘雪,一位当地朋友对我说,他活到40多岁还没见过下雪。南方飘雪确实是难以遇到的,大半辈子没见过雪的人也绝非他一个,于是我停下来认真地观看这南国的雪花。

漫天飘舞的雪片并不大,像被风吹散了的蒲公英,静静地、轻轻地在空中曼舞,不似细雨那样从天而降,而是四处飞着、飘着就悄悄地落下来了,那小心翼翼的样子,好像是怕惊醒了熟睡的大地。落在地上的雪多数即刻融化,落在树枝草叶上却依然毛茸茸的,这情景,使人想到

第三辑 生命·回声

了江南水乡女子的小巧、典雅和温柔。这一群群白色精灵在苍茫的世界里不停地游动、翻飞、变幻,让人渐渐地觉得进入了神话似的世界。

午饭后,雪停了,清冷的世界里太阳泛着白色的光芒,户外的大街小道上早已没了雪的踪迹,那树枝草叶上的雪也极迅速地融化着,对此,北方人很不理解,说这雪还没看出个眉目怎么就没了呢?雪虽没了,天却比下雪时更冷了,寒气逼得人直缩脖子。

从南昌乘飞机回西安,周围坐着四五位福州女孩子,听她们说话,发现话题几乎都与雪有关。当飞机下面出现银色世界时,几个女孩儿激动地挤在窗口看,她们被"千里冰封,万里雪飘"的北国风光吸引得不住地赞叹。距离飞机到达的时间还有30分钟,她们就穿上红色羽绒服,并

从包里掏出了照相机。

出了机场,就看到雪野里许多人在照相,风雪里,他们摆着各种姿势,互相拍照片,有的竟然不顾寒冷脱去外衣,把自己红的粉的毛衣露了出来,不知是让雪景衬托他们这些远方的稀客,还是让自己艳丽的色彩来衬托雪的洁白。随着快门咔嚓咔嚓地按动,一张张雪地里的笑脸成为定格。我想,这些南方人肯定没有见过雪,至少没有见过这么多、这么厚的雪,于是便想着法儿要把北方的雪封存在自己的记忆里,变成相片带回无雪的南国。

北方下雪时多有寒风相伴,那风又急又猛,刮起来就像拉哨子,呜呜作响,之后世界便一片混沌,分不清路径和村庄。北方的雪,常是铺天盖地而来,来了就昼夜不停,很像喝了酒的醉汉,摇摇晃晃的。于是,世界被覆盖了,剩下的就是那条瘦了很多的小河。北方落雪,也有不刮风的时候,那个时候,雪特别大、特别静,茫茫雪野里一丝声音也不会有。

我喜欢雪,喜欢下雪的时候。儿时,一到冬天我就盼着下雪,因为下雪了就不用出去放羊、捡柴火,还可以堆雪人、打雪仗。对雪最深刻的认识是来自儿时春节前夕的一个夜晚,那一晚,鹅毛大雪把家家户户的门都封了,早已过了休息时间,去渭北买粮食的祖父还不见踪影。朦胧中听见有急促的拍门声,睁眼一看,是同村的一位叔叔把

第三辑 生命·回声

祖父搀了进来,他们的胡子、眉毛全白了。原来在回来的路上,祖父滑进雪窝里摔伤了腿,看着祖父痛苦的样子,我说这雪太坏,不该下。祖父说,下得好,下得好,就是摔死我也要下。瑞雪兆丰年,这老天爷下的是白米细面啊!要每年都有这么一场好雪,咱们也不用去买粮食了。这是我第一次知道了雪与粮食的关系。

后来,我在冰心的《寄小读者》里读到一段文字,记得是这样的:黄土高原的雪绮丽无比。她比南方的雪要显得高贵、雍容、壮阔、恢宏大度;南方的雪使人感到冬天确实来临了,北方的雪却令人想到了美丽的春天。雪,才是黄土高原上真正的迎春花。这位深受读者尊敬、爱戴的著名作家对南北方雪的对比性描写,让人赞叹不已。她看雪,从本质上区分出了南北方雪的不同,她看北方的雪就想到了美丽的春天,想到了迎春花。祖父他老人家想的是来年的收成。不管想到的是什么,也不管什么想法,不都是对美好生活的向往吗?

喜欢雪,不管南方的,还是北方的。

[说砖茶]

小时候,见祖父喝水的大茶杯里泡着一些叶子,就问祖父喝的什么,祖父说是茶叶。于是又问茶叶从何处来,祖父说是树上长的。我就去看院子里的榆树、椿树和槐树。祖父笑了,说:"瓜娃(傻子的意思),这些树哪能长茶?咱这地方就没茶!"我又问茶树长在什么地方。祖父说:"南方,陕南也有,就在南山那边。"祖父说的南山就是终南山。

那时候,我尚不知南方在哪里,也没去过陕南,但我感觉南方,包括陕南一定比我们家乡好,因为那里长茶树。

那年月,乡下人都喝祖父这样的茶。这种茶我们叫砖茶,其实就是茶叶、茶茎,还有茶末压制成的。许多年后,我才知道,这种茶的原料是夏季茶,成本低,资源多,经济实惠,普通人喜欢用。这种茶也是人们说的那种熟茶,要经过发酵制作,制茶最好的地方是陕西的泾阳,那里的水、空气、温度都适合这种茶的生产。大人们在镇上供销社买茶的时候,售货员先用秤称了,然后用纸包起来,纸是那种专用的浅褐色麻纸,很粗糙,最后再用纸绳子捆起来。这种茶的样子很像乡下盖房子用的砖,每次喝的时候都要很费劲儿地掰下一块来,用滚烫的水去冲泡,或者放在炉子上去煮。茶水红红,如琥珀,滋味醇厚,香气醇厚。

　　祖父说,喝这种茶好处很多,饭后喝茶可助消化,酒后喝茶能解酒,吃了肉喝茶能除油腻,干活累了喝茶能提精神。祖父对茶的理解是朴素的,许多年后我才知道,这种儿时就留在记忆里的茶,不仅能帮助消化,有效促进调

节人体新陈代谢,还对人体有着一定的保健和病理预防作用,在我们西北地区有"宁可三日无粮,不可一日无茶"之说。因此,砖茶以其独特的、不可替代的作用成为西北各族人民的生活必需品,被誉为"中国丝绸之路上的神秘之茶,西北少数民族的生命之茶"。

13岁那年,和祖父到渭河北边买粮食,看到那里的早晨,家家户户的门外面都蹲着个老人,他们手中必然端着把茶壶,壶里也必然是砖茶沏的茶水。据说,渭河北边许多地方水硬,必须一年四季喝茶调理肠胃,祖父对我说:"你看这些人,虽说年纪大了,一个个脸上的气色都很好,人家这儿粮食富足,还有砖茶喝,人也长寿。"

祖父说这话的年代,我们那里的老人多数已经不喝砖茶了,因为日子太困难了,就是下田收麦季节,家家户户吃的也是黑面馍、菜疙瘩,喝的都是沙果叶子、金银花、绒线花泡的水。沙果叶子泡水,颜色红红的,有甜味儿;金银花泡水,颜色是黄的,有中药味儿。喝这几种树叶子泡的水都可以清凉败火,村子里的老人说这就是咱的"土茶"。

上世纪70年代,我在西安市市内电话局当线务员,整天在路旁街畔修理电话线,有时候还要到用户单位或者家里去干活。每到冬天最寒冷的时候,早晨一上班我们都会坐在单位的收发室烤火取暖,等待太阳出来暖和了再去干

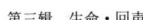

第三辑 生命·回声

活,时间长了,就认识了许多收发室的老师傅,他们早上上班的第一件事情就是拿榔头砸砖茶、煮砖茶喝,他们的茶很浓,但很香、很好喝。这年夏天,单位给职工发防暑降温茶,其中有两袋花茶,白纸包上有绿色图案、红色的字,比我见过的砖茶精致多了。星期天拿回家送给祖父,祖父很高兴,可是喝了一杯觉得还是砖茶好,他说砖茶有劲儿,喝了解馋。

我有一个同事,曾在非洲一个国家支援建设,认识了当地的一些人,他也偶尔到这些人家里做客。非洲朋友很热情,招待他吃的是树上摘下的新鲜水果,喝的是咖啡。一天,几位非洲人到他的宿舍里坐,他给这些人倒茶喝,非洲朋友只笑不喝。我的同事很纳闷,问他们都不肯说。后来,其中一位告诉他,说他们以为中国茶是禁欲的药。原因是,其他国家的专家经常回家度假,唯有中国专家长时间不回国,而且对自己要求都非常严格。他们不能理解,就偷偷观察中国专家,最后认定是茶的原因。我问同事在国外时喝的什么茶,同事说是砖茶。

近些年去青海、新疆出差,经常喝奶茶,有同志告诉我们,说用的茶都是砖茶,他们祖祖辈辈喝这种茶,感觉很好。

如今,各种各样的茶都喝过了,但记忆里最深刻的,仍然是儿时祖父大茶杯里的,那琥珀一样的砖茶水。

[说习惯]

有一单位领导,因年龄而退休,单位给他开了欢送会,第二天早晨他依然按时起床,刷牙、洗脸,穿戴整齐后提包就要往外走。老伴急忙喊住他,问他干什么去。他说上班么,还能去干啥?老伴心里清楚,但不好明说,就说今天星期天单位不上班。他说明明是星期三嘛!老伴说,人家星期三,你是礼拜天!他似有所悟,放下提包,坐在沙发上点燃一支烟,然后长出了一口气:已经退休了,咋就忘了呢!老伴说,你一辈子就爱上班,就关心单位,没事,过几天就习惯了。

这是一个真事儿,就发生在我的周围。说起来有点儿好笑,想起来还真是这么回事儿,一个人几十年如一日,每天提着包去上班,忽然不用去单位了,还真的不适应。好在这个领导的老伴还能理解,要是遇到简单急躁的女人，这领导可能就要生气了。都退休了，还想着上班？老糊涂了还是神经了？这位领导有个好老伴，不但巧妙地应对，而且还做了好吃的早餐，然后两人一起去逛公园。

我曾住西安和平门内的下马陵，距城墙也就100米，我家在五楼，刚好与城墙顶部遥遥相望，平时闲来无事，看看城墙景色挺好，可是每到春节前后城墙上办灯展可就热闹了，歌声、人声、汽车喇叭声，曾搞得我们半夜睡不着觉。但时间一长竟适应了，不管城墙上如何嘈闹，我仍能坐下读书、看报、写字。一日晚，时间已过八点，还不见外面有响声，我坐不住了，匆匆走到凉台去看，这才发现城墙上的彩灯、灯塑模型没了踪影。这个夜晚，万籁俱寂，一派祥和，我却坐立不安，心绪难宁，总觉得缺了什么。缺什么呢？说到底就是不"习惯"。看来，从不习惯

到习惯,从习惯到不习惯,都有一个过程。那领导的老伴之所以能这么做,我以为她不仅是关心、体贴,还有她对"习惯"和"习惯过程"的理解。

生活中,每个人都有习惯,有好的习惯,也有不好的习惯,好的习惯如早睡、早起,按时作息,不好的习惯如抽烟、喝酒、打麻将。我的邻居老王,也是我过去的同事,他一年四季坚持洗冷水澡,每天天不亮就起床打太极拳,如今80多岁了,依然耳聪目明、脚手灵活。还有一同事,论年纪小我许多,可是早早就告别了这个世界,原因很简单,就是习惯不好,不按时休息,而且烟酒无度。

习惯,是一个人修养的表现,习惯也是素质,习惯影响人格。习惯,也影响一个人工作和健康,甚至一生。要养成良好的习惯不是件容易的事情,习惯要从小培养,从小就要养成良好的学习习惯、良好的行为习惯和良好的生活习惯。儿童时期是养成习惯的关键期,培养始于父母,养成始于家庭,关键在于幼儿园和小学。加强德育,提高未成年人的思想道德素质,应该求真务实,从培养儿童的良好行为习惯开始。成人更要注意个人的习惯,一定要形成自己的良好习惯,这一点非常重要。成人的良好习惯要靠自己,靠自己自觉地养成。一个人的习惯,有时候可能自己也不知道,可是自觉不自觉地就养成了,要是真成了习惯,要改可就难了。

习惯不是一成不变的,习惯会根据环境的变化而变化,根据地域、单位的变化而变化,这些客观上的变化也会改变人的习惯,有时候可能是没办法的事情,你不改变也不由你。比如说,一个南方人到了北方干旱缺水的地方,你不想吃面食也不行,因为这地方没有米,你只能改变你吃米饭的习惯。

习惯的养成不容易,要改变一个人习惯也不是易事,你要给他时间,让他自觉地把过去的习惯改过来,不能急。这就如开车不能拐硬弯一样,车速高了,拐得急,平地上也会翻车。这种改变可能会很痛苦,却是非改不行的,必要时再痛苦也要改掉。

「 北海并不遥远 」

很小的时候,常听六爷唱"汉苏武在北海……"

六爷的嗓门高,声音大得像架了喇叭,唱的时候眼睛瞪得铜铃似的,脖子伸得长长的,皮肤下走着青色的蚯蚓。

我问六爷:"你唱啥呢?"

六爷说:"爷就会唱秦腔,还能唱啥嘛?"

我说:"我问你唱的谁嘛?"

六爷说:"汉苏武么。"

我问:"唱他做啥嘛?"

六爷说:"他去北海了,那地方远得很,回不来么,想他妈了也回不来。"

六爷不识字,人却聪明,脑子里装了不少戏文和古经。我那时候还没上小学,所有的知识都来自老人们讲的

第三辑 生命·回声

古经和他们唱的戏文。

我说:"那汉苏武回不来了,你再唱,他也回不来。"

六爷说:"瓜娃呀,爷唱的是戏,《苏武牧羊》,知道不?汉苏武早都死了,爷是做活累了,唱两句戏解解乏。"

细想,也真是,六爷每次唱"汉苏武在北海"都是他干活儿的时候。

长大了我才知道,世界上有好几个叫"北海"的地方。六爷唱的"汉苏武在北海",那苏武是汉代人,据说他的家距离我们村不到十里路,那村子现在还有一座苏武庙。苏武牧羊的"北海"在当时的匈奴,也就是现在的贝加尔湖边。

人生自有去处

上世纪90年代初的一天早晨,我刚上班,一位女孩儿来找我,女孩儿是位漂亮文静的姑娘,平时不善言辞,但心里很有主意,写得一手好文章。

女孩儿问我,北海那地方好不好。

我问她哪个北海,因为我忽然想起了"苏武牧羊"的地方。

她说,广西的北海呀!

那个时候,我已经知道,最远最美的北海在广西的北部湾,这个地方早在2000多年前就是中国古代海上丝绸之路的始发港,当时已经是中国与世界沟通的重要门户。还有北海的天空、阳光、海浪、沙滩、树木、花丛,这些优美的自然风光。可是,北海毕竟距离我们很遥远,据听说很早以前就是一座渔村,如今经济刚刚开发。

一个月后,那女孩儿舍弃了舒适稳定的工作,怀揣自己美好的理想,毫不犹豫地离开了家乡,去了遥远的地方,在电话那头给我留下了一句话:"欢迎老兄到北海来。"

从此,北海就成了那个女孩儿的代名词,永远定格在我的脑海里。也是从那一天开始,我开始关注北海和北海的变化,并企盼有去北海的机会。

今年夏末秋初的一个早晨,我终于登上了飞往北海的飞机,因这趟航班不是直飞,在贵阳停留了约一个小时,

第三辑 生命·回声

到南宁吴圩机场时太阳已经西斜了。

迎接我的是南宁的朋友曹,曹先生是我们系统的同事,也是我非常要好的朋友。我打电话告诉他我要到北海的消息后,他说要到北海办事儿,正好陪我一程。我猜测他到北海办事是假,陪我是真,最终还是接受了他的好意。因为没有南宁到北海的飞机,交通只能是汽车。

曹先生曾在北海一带工作过很长一段时间,对北海的历史、文化、经济发展及风土人情十分熟悉。看着车窗外的青山秀水、绿树红花,听着曹先生娓娓动听地述说,我行进在广西北部的画图中,又像游历在北海的梦幻中。

黄昏时分到了北海市,我渴望看海的心情却被曹先生和北海朋友的热情嫁接了,他们带我进了一家海鲜馆,于是只能"客随主便"了。北海的海鲜、北海的酒、北海人的豪爽很快把我这个北方人融化了。当我们跟着月光,迎着海风走向住处时,夜已经深了。

第二天清晨,我被一阵鸡啼声唤醒,推开窗户,眼睛为之一亮,原来我的面前就是大海,疾步走向阳台,太阳已经从海面上升起,远处,水天相接,满是蔚蓝色的光。收眼近看,大大小小的船只已经开始忙碌,晨泳人鲜艳的泳装把海滩点缀得色彩斑斓。

我喜欢海浪、沙滩,喜欢海的博大、宽容,喜欢海的自由、浪漫。虽然不会游泳,却渴望亲近大海,走进大

人生自有来处

海,和大海一起奔跑。可是,因为上午有会议参加,我只能静静地站着,站着望眼前的海和海上的一切,努力把眼前的一切装进我的记忆里。

会议休息期间,曹先生和北海的朋友带我走马观花地参观了北海市景,古朴安静的老街,清朝年间的外国领事馆,外国人的洋行和代理商行,100多年历史的欧式建筑、商铺,当时东南亚地区规模最大的天主教堂,中西合璧的建筑群,一座一座、一处一处、一个一个,向我们这些外乡人讲述着北海的历史、文化。

晚上,和几位文学朋友到酒店咖啡厅喝茶,一位楚楚动人的女孩儿轻轻走到我身边,问我:"先生,请问您是哪里人?"

我说:"北方人。"

她说:"我想知道你是不是陕西人?"

我说:"那你一定是陕西人了?"

女孩儿笑着点了点头。

我说:"那我也就是陕西人了。"

女孩儿说:"看你就像是乡党,刚才听你说了几句陕西话,感觉很亲切。"

聪明的女孩儿,原来她听见我说陕西话了。

我说:"我看不出你是陕西人。"

女孩儿说:"我到这里已经三年多了,今年春节单位忙,现在也没顾上回家。"说到这里,女孩儿稍微停顿了一下,头也低下了。看得出,她是想家了。

那女孩儿好像还有许多话说,但是她的工作不允许,我们的交流只能断断续续地进行。

下班了,女孩儿过来和我道别,然后和伙伴们燕子似的飞走了。

望着女孩儿远去的背影,我忽然想起了唱"苏武牧羊"的六爷和那个多年前去了北海的女孩儿。六爷已经去世多年了,老人家在泥土里摸爬滚打了一辈子,唱了一辈子"汉苏武在北海",却没有赶上改革开放的好日子,最终没看见一个北海的模样。那个北海经济开发初期就到了北海的女孩儿呢,几年前听说已经做了老板,因为忙未顾上联系,相信她一定很好,因为她的聪明能干,因为北海很美。

「 说岁月 」

窗外第一片黄叶的随风飘落告诉我：这一年又要过去了。

时间过得真快！树枝发芽好像还是昨天的事，这叶子怎么说落就落了呢？仔细想想，春天、夏天、秋天，冷了、热了、刮风了、下雨了，这些都经历过了，季节也应该到了深秋！

年轻时从未有过这样的感觉，也许压根儿就没有想过，这几年忽然觉得日子一天一天、一周一周如轮飞转，周一刚刚上班，眨眼间就又到了周末。不知是年龄大了的缘故，还是地球比年轻时转得快了。

时间看不见，摸不着，只能感觉。孔老夫子把时间比喻成昼夜不息奔腾流淌的河水，一去不复回。他的比喻确实形象，也难怪后来有人说：一寸光阴一寸金，寸金难买

第三辑 生命·回声

寸光阴。光阴金贵啊！贵在有多少钱也买不来。

回故乡，孩童时捉迷藏、玩骑马打仗的地方找不着了。刚参加工作时的单位、结婚时住过的房子拆得没了踪影，当年走过的路也有不少改了道。这些都使我深切地感觉到，身旁的一切都在发生着变化，旧的一页翻过去，或者正在翻过去，在渐渐变成昨天，变成历史。

东晋名将桓温北征时，途经金城，看到他任琅琊太守时种植的柳树已经很粗了，手握柳枝不禁潸然泪下。他感慨地说：树木变化尚且如此，人又如何经得起岁月的消磨呢？桓温是个很有军事才能的人，为东晋屡立战功，官居高位，就是这样一位战功累累，曾发誓如果不能流芳百世，也应遗臭万年的人物，面对岁月也无可奈何。岁月何曾消磨过人呢？岁月不消磨人，人怎么就一天天变老了

呢？真是岁月不催人自老啊！

看着妻子满头乌发渐渐染上白霜，看着儿子竹子拔节似长高的个子，感觉自己就像一片发了黄的叶子般走进了岁月的深秋。有人说父子是天敌，儿子在往前走，老子在向后退，儿子既是老子的继承者，也是老子的掘墓人。此话听着残酷，道理应该是对的，因为世界上最脆弱的是人，人没有根，人的根就是自己的子女，人是靠子女来延续生命的。那个东晋的桓温抚摸柳树感叹人生，看来古时的人与现代的人在对时光的感悟上并没有太大的差异。

生命是有限的，凡是有生命的，最终都逃不脱死亡的命运。古人曾感慨："对酒当歌，人生几何。譬如朝露，去日苦多。"为了延长寿命，不少帝王吞吃灵丹妙药，面对末日却无一幸免，有的甚至早早断送了性命。当今之高人能人，不断总结前人之经验，视提高生活质量为延长生命的最佳选择，因为提高生活质量就是提高时间的利用率，就是提高时间的效益。此观点多数人是认可的，但是要做到确实不容易，它需要坚定的信念、坚强的毅力和持之以恒的精神去实现。

其实，老子早就认为，人死了没有被人忘记，那就是长寿。这样看来，青史留名，长久地被人们记诵，应该是一个人"长寿"的方法和追求的目标。

但是，能够青史留名的又有几人呢？我辈区区凡人、普通百姓能身后留名吗？如若做不到，就不要去想，平平凡凡地做人、平平淡淡地过日子，用心去感悟岁月，用心去感受岁月，把每一天都过好，活出质量和水平来，在回首往事的时候不感到后悔，也就应该满足了。

感悟岁月，岁月如歌。人就是岁月的歌者，从来时的第一声啼哭，到离开时留恋的呻吟，每个人都在一路歌唱着。

后
记

后记

我是谁?我从哪里来?要到哪里去?……或许有人这么问。

你是谁,你不知道吗?你从哪里来,要到哪里去,这还用问别人吗?人的出发和归宿应该是相同的,这,谁人不知?不管是说从土里来,还是从娘肚子里来,大家都一样。一个人走到生命的尽头,无不殊途同归,不是吗?即使贵为帝王,最后也还是要归于泥土的。

人与人不同的只是一个过程。有人一辈子绫罗绸缎、山珍海味,有人一辈子布衣烂履、粗茶淡饭;有的人做下了惊天动地的事情,有的人作为不大,成绩甚微。有的人健康长寿,善始善终;有的人英年早逝,却也百世留名。仔细想,哪个人没有三昏六迷七十二糊涂?哪个人一生不经历苦辣酸甜与喜悲哀乐?这也应了那句老话:大有大的

难处，小有小的自在。

人与人不同的还有身后留下了什么。有的人留下的可能是痕迹，有的人只是白纸一张。这些痕迹或深或浅都会凝固成一个符号、一种精神，供后来者参观或瞻仰。人生身后事，只有身后知。或被顶礼膜拜，或被嗤之以鼻，这也许就是人生的乐章。所谓"雁过留声，人过留名"也。

《人生自有来处》说了一些这方面的意思，只能算是一孔之见，也算是抛砖引玉。人生需要商讨的很多，此书如果能引起读者的一点儿阅读兴趣，作为作者就很满足了。

这部书稿，一部分系前些年所写，且大部分已在报刊上发表过。忙和尚干不下好道场，肯定有不如意的。好在有康娜帮忙策划、整理，有路小北帮助捋顺文稿，还有小常、小李、小张、小任等帮着打字，使得一部集子短时间有了眉目。在此深表谢意！

孔明，是我多年朋友，虽走动少，但心相知，无话不谈。孔明就我的散文写过三篇评论文章，我想拿其中一篇作序，孔明执意另写，我当然恭敬不如从命。新序既成，我很满意。于此我只能用这俩字表示：谢谢！

这一段时间，麻烦贾平凹老师比较多，先是请他为陕西职工作协会刊《五月》题写刊名，后来又让他给外省朋友买的《秦腔》《废都》《高兴》《浮躁》《极花》等书

后记

签名,这次又要请他给《人生自有来处》题写书名,实在不好意思。贾先生不愧大人、大量,一点儿绊子没打,一个普通的书名竟写了两次,真是让我感动!我会永远记住2017年5月19日,这个平凡又不平凡的日子。谢谢贾老师!

借此机会,对所有关心、帮助过我的人表示感谢!

周养俊